△ペリリュー島の水府山の近くに残されていたアメリカ軍の戦車。▽歩兵第2連隊長中川州男大佐が自決したといわれる連隊本部壕。幅3メートル以上もある入り口の付近。

△ペリリュー島の東海岸。▽島の北端海岸。海面の向こうに見えるのは、日本軍の飛行場があったガドブス島。島の周辺の海はあおく澄んでいて、透明度も高かった。

撮影／湯原浩司（1993年11月）

NF文庫
ノンフィクション

新装版

秘話パラオ戦記

玉砕戦の孤島に大義はなかった

船坂 弘

潮書房光人社

『秘話パラオ戦記』目次

秘話パラオ戦記

玉砕戦の孤島に大義はなかった

深い迷路から

あれは、確か昭和四十年の暮れも押しつまった日のことであったと記憶している。その日、私は、未知の婦人から送られてきた一通の手紙を読みすすめているうちに、ふいにひどい困惑におそわれ、焦燥感さえ抱きはじめていた。

その手紙はごく平凡な書きかたで、行数もそれほど多くはなかったが、内容は、一人の老母の痛ましくも苦しい戦後史ともいうべきものであった。

『拝啓　取急ぎ用件のみ申し上げます。私の息子は貴男と同じ戦場か、あるいは近くの島で戦死したものと思われます。息子は当時陸軍少尉でした。決死の肉弾斬込隊長として斬込作戦に成功し、その事実が畏くも上聞に達したのです。当時二階級特進ということでしたが、どうしたことかその後進級していないのです。私はいま迄足を棒にして、随分調べて歩きました。だがいまもってその原因が解りません。私はもう寄る年に勝てず、精根がつきてしまいました。これからは貴男にお願いして、息子のことを調べて頂き度く筆を執りました。私は息子のことが気になって悲しくて、毎日泣いて暮しています。どうぞこの私の願いを叶えて下さい。（後略）』

私は手紙を読み終え、しばし呆然としていた。それは、私に寄せられたこの老母の期待が、正直なところ、あまりにも唐突であり、過大であったからである。

だが、それにもかかわらず私の心はすこしずつ傾きはじめていた。なんとかして上げたい。尊い若い生命を祖国に捧げて散った、かつてのわが仲間の母の悲願を、できることなら叶えてさし上げたい。そう考えるそばから、いや、途方もないことだ、個人の力などの及ぶことではない、荷が重すぎる、等々と、打ち消しの悲観的な考えが頭をもたげてきて、私の心は重く沈んでいった。

私は、昭和十九年初秋、南太平洋上の孤島アンガウルで、我に二十倍の敵に包囲されて、水なく、食糧なく、孤軍奮戦一ヵ月、ついに弾丸つきて、仲間たちとともに玉砕の危機にさらされていた。むろん私も玉砕を覚悟していたし、そのときすでに全身に二十数発の弾を受け血だるまであったが、残されたわずかの気力をふるい立たせて敵司令部への突入を企図していた。つまりそこを死場所と心に決したのである。

手足は重傷のために半ば死体と化していたので、身体に手榴弾をくくりつけ、肉弾となって敵の本拠を爆破しようとした。しかし、残念ながら寸前で敵に発見され、首に致命弾を受けて倒れた。いったんは射殺されたと見えた私であったが、運命のいたずらか、神の手がさしのべられたか、私は米軍野戦病院に収容された。生と死の間をさまよいつづけた三日の後、私は蘇生した。その後、捕虜生活をへて、日本に生還することができた。

当時、私は十五名の部下を率いた二十三歳の下士官であった。その部下たちは全員戦死した。生前、部下たちがいっていた。「分隊長殿！　死んだら骨を拾って下さい」と。その声が、私の耳底にこびりついていた。戦後もその部下や戦友たちが、毎晩のように私の夢枕に立った。彼らはしきりに私を呼び続けていた。「待っていろ！　きっと行くぞ！」私はかれらの声に応じようと夢の中でもがき続けた。

それから、戦後の長い歳月が過ぎた。そしてちょうどその年、昭和四十年の夏になってから、私は、かつての玉砕戦場の収骨慰霊を目的として、グアム島を基点にアンガウル島、ペリリュー島、バベルダップ、サイパン、テニアンの諸島に渡島することができた。

当時、グアムまでの直行便はなく、フィリピンを経由するという大変な道程ではあったが、とにもかくにも私はかれらの呼び声に応《こた》えたのである。

島という島は、到るところに英霊の遺骨が累々と重なっていた。放置されたまま散乱し、また洞窟に深く埋もれ、それらのすべては私の胸を刺し貫いた。骨の山の中で、私は部下の骨を抱きしめて泣いた。

諸島行脚の折に、南海の孤島にうち捨てられた英霊たちが、いまなお恨みと悲しみのこもった慟哭を続けているのを、夢でも幻でもなくはっきりと、聞きとどけて私は日本へと帰った。

その当時は、あたかも『昭和元禄』と呼ばれて浮き立つような時代へ没入しようとしていたころであった。そのようなときに、私の収骨慰霊行脚の模様が、新聞やテレビ等によって詳細に報道されると、未収骨の白骨の悲惨な有様が、映像を通して、じかに茶の間の視聴者に訴えられ、激しいショックを多くの人々に与えた。それは、軍民あわせて二百八十万人もの尊い犠牲者を出した大東亜戦争であったが、そのうち中部太平洋方面での戦没者百五十万柱がいまなお野ざらしのまま放置されているという事実の一端を目のあたりにさせられたからであった。とくに全国の遺族や生還者たちからの反響は大きかった。

こうして、私の悲願であった渡島収骨慰霊の第一歩は、もはや単に私一人の問題としてではなく、広く公共性を帯びた問題へと、いつしか発展していったのである。

往時たった一枚の赤紙で戦場へ送られたわが子、わが父、わが兄弟たちが、広大な戦場へかり出されていったが、軍事防諜上、一人一人の所在は秘匿され、家族たちにはその消息さえ判らなかった。やがて戦いは我に利あらず、アッツ島玉砕以後、つぎつぎと玉砕の悲報はつづき、出征兵士たちの家族にはたった一片の戦死の公報がとどけられたにすぎなかった。遺骨もなく型通りの悲しい葬式が終わったのちも、遺族たちは戦死の詳細が分からないままに放置された。中には肉親の死がどうしても信じられず、私の所属師団がパラオ諸島であったということだけを頼りに私を訪ねてきて、「私の夫は、私の息子は、私の兄は、どこでどんな戦いをして、どんな死にかたをしたのでしょうか？」と異口同音に、素朴な、切実きわまる質問を、私に投げかけたのである。無理もないことだった。遺族の心情としては、玉砕島行脚をしてきた直後の私を頼りとするより仕方がなかったろう。そのため、渡島報道後のわが家は、にわかに〝私設厚生省〟の窓口ででもあるかのように、戦没者確認の質問状が、連日のように舞い込んだ。

老婆の手紙はそうした手紙の中の一通だった。しかし、それにもかかわらずその手紙は、連日のように寄せられてくる質問状とは、まったく異質の内容を持っていた。

発信者の名は高垣ヨシノさん。住所は栃木県氏家町である。息子さんは高垣勘二少尉。従軍した戦線は、私と同じパラオ諸島戦線。ここで何かが起こって高垣少尉の二階級特進を阻害しているらしい、ということが、この手紙から、かろうじてうかがい知れるだけで、他の事実は一切不明であった。

高垣少尉の〝死〟の真相解明に
執念を燃やした母ヨシノさん。

また、残念ながら高垣少尉なる名は、私の記憶にもなかった。とすると、かれはアンガウル島以外の島で戦死したのだ。私はさっそく、その日から調査を開始した。

まず氏家在住で、パラオ地区の生還者である戦友たちに、つぎつぎに電話をかけてみた。すると、それらの人々からは、じつに簡単な答が返ってきた。

「高垣小隊長は、ガラゴン島に斬り込んだ将校です」

まるで口裏を合わせているように、かれらは、それ以上のことを、喋ろうとはしなかった。かれらは、名前だけを知っているだけで、斬り込みの詳細も、その実体も、またその成果も知りませんと言う。ましてや二階級特進については、まったくわかりませんと言うのである。しかし、かれらの口の端に残るあいまいなものに、私は改めて謎めいたものを感じ、疑いを深め、興味をそそられたのである。

老母の手紙によれば、〝畏《かしこ》くも上聞に達した〟とある。これが事実ならば、たとえそれが戦争末期のことであったにせよ、相当の戦果をもたらしたものに相違なく、だとすれば、当時の全戦線の将兵に、その旨が伝達され、士気を鼓舞し、敢闘精神を昂揚させたことであろう。それなのに、ほんとうに事実を知っているものが、一人としていない、というのはおかしなことではないか。なぜ漠然とした答しか返ってこないのか。それとも老母にもたらされた公報そのものが誤報だったのだろうか。いや、二階級特進を報道した新聞記事が虚偽のものだったのか。

私は深い迷路に迷い込んでしまった。前に進むことも、退くこともできなかった。当時、二階級特進といえば、軍人にとっては最高の名誉であった。それだけに、なみのことでは、めったに得られるものではなかった。軍人が戦場で特別な手柄をたてた場合に限って感状が与えられ、階級を一階級飛び越して特別に進級させた。だから高垣少尉は、中尉を飛び越して大尉とされるはずであった。

そもそも旧軍の感状の与えかたには、二通りあり、一つは部隊に与えたもの、もう一つは個人を対象に与えたものである。二階級特進を得るには、殊勲甲という最高の感状で、多くは戦死者に与えられた。

感状は直属の部隊長から陸軍大臣に上申され、ここで決定されると、天皇に上奏された。

私が少年のころ、一等兵から伍長へ二階級特進した肉弾三勇士があり、その後は西住戦車隊長、つづいて加藤隼戦闘機隊長など、二階級特進を新聞の報道で見た記憶がある。大東亜戦争の初期には、真珠湾攻撃の九勇士、豪州のシドニー湾を攻撃した松尾中佐などもあり、いずれもごく限られた勇士がその対象者であり、もちろんすべて上聞にも達し、その後、軍神とあがめられている。

最近、聞くところによれば、日露戦争当時の感状授与については、兵卒のみに与え将校には与えなかったというほど、その選抜は厳正だった。昭和初期には戦闘様式も変わり、軍当局の必要性も加わり、とくに全軍の士気を鼓舞するための感状もあったといわれるが、大東亜戦争では、あれは軍部のデモンストレーションだったという人もいる。しかし、その真偽のほどは、そういう該当者を出した関係部隊の部内者が一番よく知っているといえよう。

さて、私はここで、私自身の記憶の中に一番印象的に残っている二階級特進の事例を思い起こすのである。それは、昭和七年二月二十二日のことであった。当時は、歴史的にみれば、上海事変の初期にあたり、日本軍は、廟行鎮の近くで、中国軍と対峙していた。日本軍の部隊は、混成第二十四旅団であり、同旅団は廟行鎮付近の敵陣地奪取を命ぜられ、作戦中であった。しかし、敵の抵抗ははげしく、加えて敵の陣地は鉄条網が幾重にも張りめぐらされており、さらにそこを重点にあらゆる銃火器が集中されていて、友軍歩兵の前進を完全に妨害していた。

そのため、ここを奪取するには、歩兵部隊の突撃路を開設せねばならぬ、という絶対条件にしばられていた。

そこで工兵中隊に対して、鉄条網破壊の命令が下った。急造の破壊筒を抱えた決死隊が、幾組も鉄条網に突入し、その直後に後退するという方法をとった。しかし、いずれも敵の猛火に狙われて傷つき、決死の破壊戦法は、すべてがむなしく途中で挫折してしまった。

この作戦は、払暁戦をもって敵陣を占領する目的で計画されていた。しかし、それにもかかわらずかんじんの突撃路はまだ開設されず、このまま朝を迎えたならば、友軍は莫大な犠牲者を出すことになる。作戦は重大な危機を迎えていた。

このとき、北川、江下、作江の各一等兵は、絶対に成功する最後の手段として、長い破壊筒に点火し、これを三人で抱きかかえたまま肉弾となって、鉄条網の中に突入していった。

轟然、天をおおう爆煙が上がった、そのあとに、幅十メートルもの突撃路が開設された。

しかし、三勇士は木端微塵《こっぱみじん》に砕かれた肉片となって、文字通り肉弾と化して、突撃路を開いたのである。

歩兵部隊は、ただちにこの突撃路を猛進し、廟行鎮の敵陣を占領した。三勇士が肉弾となって友軍の行動に絶大な影響を与えたことは、戦史上いまだかつて比類のないものであった。

その最後は壮烈で、一死生還を期せず重大な任務を果したのである。軍は、この壮挙を軍人精神の発露として賞揚し、二階級特進の栄誉をあたえたのであった。そして、この三勇士の壮烈きわまる犠牲的行動は、鬼神をも哭かしめる快挙として諸外国の戦史にも記録された。三勇士は二階級特進し、上聞に達し、やがて軍神として国民に仰敬された。

この話は、高垣少尉の母ヨシノさんも、当然のことながら熟知している事柄であり、わが息子も、斬り込みの武勲によってあっぱれ二階級特進を発表されたのであるから、三勇士の例になぞらえても、名誉あることと思われたことであろう。ところが、わが息子は、大本営発表によって二階級特進をみとめられながら、現実には、少尉で戦死して中尉になったにすぎず、これでは一般戦死者と同様ではないか。当然、大尉であるべきはずなのに……。

ヨシノさんは悩んだ。なぜなのか。どうしてなのか、と。ヨシノさんは、関係者をたずねて自分でも調べてみた。しかし、どうしても解らないから、私にそれを調べて下さいと言ってきたのである。

私は、高垣少尉の母ヨシノさんに返信を送った。

『……二階級特進が発表されて、それが現実化しないのは、それなりの理由があると思わなければなりません。しかし、それは大変困難なことで、私にはとうてい不可能なことであるかも知れません。しかし、できるかぎり調べてさしあげたいと思っていますので、お宅にあります高垣少尉についてのあらゆる資料、例えば戦死の公報、感状類、その他、いままでに関係者から耳にした一部始終、出来れば戦地に征く前にいた部隊から来た手紙など、至急拝見しなければ、調査できませんので、資料だけはぜひお揃え頂きたい……』

おおよそ右のようなことを、くどいほどに書いた。

だが、ヨシノさんからの返書には、家を改造するときに、どこかにしまい込んでしまったらしく所在がわかりません、と書かれていた。

私は困ってしまって、では、村役場に行けば何か記録したものがあるはずです。あるいは地方の新聞社に行けば、当時の新聞があるはずです――と資料の収集をかさねて依頼した。その後、ヨシノさんからはさらに返信がきて、十数年前に水害に遭《あ》ったなどのこともあり、いまではまったく息子に関する書類はなにもありません、と書かれていた。しかも、さらにわるいことには、すでに老齢のため、記憶も非常におぼろげで、所属部隊名等も定かではないという。

私はがっかりしてしまった。そこで私は、もっとも信頼をよせている当時の将校であった友人に、ことの詳細を書き綴って、高垣少尉の所属部隊名の確認を依頼した。当時の将校の所属名簿があれば、この話の糸口は見つかる。簡単そうなことに思えたが、じっさいには大変なことで、私は、そのおめあての照《てる》集団の将校名簿を探すために、かつての老婆のように足を棒にしなければならなかった。その結果、判ったことといえば、米軍の武装解除以前に、集団首脳はありとあらゆる書類を、徹底して焼却してしまったという事実であった。その後、米軍は血マナコで師団の書類を探したという。が、何一つとして発見されなかったことからみても、それらの書類は、おそらくは皆無ではないかとさえ思えた。

ところが、それから数ヵ月して、戦友の福地行作さんの協力で、偶然にもその幻の名簿を手にすることができたのである。提供してくださったのは岐阜県の巣山隆さんである。

よろこんで手にした名簿は、昭和二十年十二月末に作成されたもので、残念なことには作成当日以前に戦死した将校の氏名は、そのことごとくが除外されてしまっていた。おそらくは浦賀の復員局で、生還した者についてのみ作成した名簿らしかった。

私はふたたび老婆の第一信の文面を、脳裡に思い浮かべてみた。息子はあなたと同じ戦場か、あるいは近くの島で戦死した……と書かれていたが、その後、その島の名だけは、ガラゴン島と判明した。ガラゴン島とはどこにある島だろうか。その島にはどこの何部隊が上陸し、守備をしていたのだろうか。パラオ諸島には無数の島があり、複雑だった戦域を明記した証拠となるべき書類が一切焼失した現在、それを聞き糺《ただ》すあてがなかった。当時、一兵卒でしかなかったこの私には、将校たちについて調査すること自体に、大変な困難がつきまとった。

昭和四十一年、私は、郷土部隊歩兵第五十九連隊所在地である宇都宮市の東武デパートにおいて、アンガウル島収骨慰霊の報告を兼ねて、パラオ諸島の戦跡写真展を開いた。その年の秋、私の所属部隊であった宇都宮歩兵五十九連隊将校名簿を、宇都宮を訪れたさいに、自衛隊の高橋三佐から頂いた。しかし、この名簿にも、高垣少尉なる姓名を探し出すことはできなかった。

またその後、十五連隊、二連隊の将校名簿にも記載されていないことを確認した。私の身近から、と考えてはじめた私の調査も、ここで一頓挫をきたしてしまった。しかし、照集団の全貌がわかれば、また集団がなぜパラオに派遣され、いつ、どのように戦ったか、が明らかになりさえすれば、調査にも希望が持てるようになるにちがいないと思った。そう考えはじめると、集団の各配属部隊の将校名簿の中に、高垣少尉の名が、かならずあるにちがいないとの確信のようなものが、いつしか私の胸に宿りはじめていた。しかし、それにしても、たった一人の高垣少尉の名を探し出すために、厖大な照集団全体の調査に取り組まなければならない。私はひそかに決意を新たにした。

照集団を追跡する

では、探し求める高垣少尉が所属していたはずの照《てる》集団とは、どのような集団なのか。照とは、別名を第七一三部隊という。前者は戦時秘匿部隊名通称号であり、後者は部隊の略号をあらわす。また照集団とは、属称を宇都宮第十四師団という。師団長井上貞衛中将以下、一万一千八百名、将兵の多くは、栃木、茨城、群馬、長野県出身者の集団である。つまり空っ風と雷の本場、あるいは荒磯や山野の中に育った頑健で素朴な信仰の持ち主の若者が多く、「野州健児」または「北関東健児」と称して、非常に強い軍隊であった。

元第十四師団長畑俊六元師の言葉をかりれば、「栃木県人は無口で粘り強く、群馬県人は国定忠治の負けん気が旺盛で、茨城県人は水戸ッぽ根性で鼻息が荒く、長野県人は山育ちながら理屈っぽい」という。

それぞれの特性を総合すれば、粘り強く、突撃に強く、絶対にあとに引かぬ強兵の集まった師団ということになり、この師団は明治三十八年に創設され、日露戦役、シベリア出兵、上海、満州事変、支那事変に参加し、その活躍には目ざましいものがあったと記録されている。日露戦争の旅順攻防戦では感状を受け、支那事変では保定、徐州の両会戦に参加して感状を受けている。

支那事変に参加した後は、一時原隊の各県に帰還したが、昭和十五年九月、満州に移住して、チチハル付近を中心に、ノモンハン、アルシャン、ノンジャン、ハイラル各方面の国境警備を兼ね、関東軍精鋭部隊としての実力を身につけるための猛訓練を重ね、北辺の護りについていた。

私の推測では、高垣少尉が昭和二十年ごろに少尉という階級であったことは、おそらく彼の入隊は昭和十五年徴集、十六年入隊で、私と同年兵ぐらいであり、同じぐらいの年齢ではなかったか、ということだった。もしもそうだとしたら、同じ関東軍の精鋭の一人であり、意外と身近な部隊にいたのかも知れない。

ここで高垣少尉や私が所属したわが師団の自慢話をするつもりは毛頭ないが、共に戦い共に散っていった幾多の戦友たちを思うとき、私はこの師団に所属したことを誇りに思っている。じつにみな当時の青年たちは、純真素朴に「祖国のために死す」ことを本望として、敵の大軍に突入していった。そのことの是、非は別の機会にゆずるとして、そのころ（昭和十九年）、おそらく高垣少尉も、私たちも、それぞれ関東軍の猛者を自認していたころではあったが、太平洋戦争の情況は日本軍に利あらず、中国大陸における反撃作戦を除けば、他の主要戦線は次第に後退のやむなきに至っていた。

北辺の護りにつく関東軍・宇都宮第14師団。照集団の属称である同師団に高垣少尉も著者も所属していた。

軍の中央部は、「絶対国防圏を縮小し、北は千島から、内南洋、比島、豪北、蘭印を列《つら》ねた線を最後の防衛線」と定めた。一方、ガダルカナル攻防戦における日本軍は、決定的な敗北をこうむり、勢いに乗った米軍はニューギニア沿岸と、比島攻略に拍車をかけてきた。われわれ関東軍は対ソ戦闘に備えて緊張をつづけていたが、南方戦線の後退をも案じる日日であった。

そうした情況下の十九年三月一日、われわれの師団に対しても、南方作戦動員令が下った。いよいよ来るべきときは来た。正直なところ、死ぬことはそうやすいことではなく、やはりこわかったが、しかし、われわれは国家と同胞のために決然と死を覚悟した。だからこそ全員が、この命令を受けると、故郷に遺品と遺書を送ったのだ。

動員編成を完了したのは三月五日であり、十日にはチチハル駐屯地を出発した。表向きは防諜の完璧を期して、東部国境に移動することとされていた。

こうして、師団が旅順郊外柏嵐子に集結し

たのは十二日、満州の三月はまだ寒いのに兵隊の服装は夏服だった。われわれはこのことからも南方進出を予想していた。

われわれはこの集結地で、大発、小発による猛烈なる敵前上陸の特殊訓練を受けた。その内容は、ニューギニア戦線における逆上陸と、水際戦闘に関する実戦さながらの激しい予行演習であった。

こうして二十五日に旅順を出発し、日露の戦跡をめぐって大連着。この日から第三十一軍の統率下に入った。

大連波止場で師団は装備、資材を搭載し、一万トン級の貨客船阿蘇山丸に、師団司令部と十五連隊と師団直轄部隊が乗船。東山丸には五十九連隊、能登丸に二連隊が乗船した。

二十八日、師団長は出陣にさいして訓示した。それは、「御国ノ危急ニ純忠ノ赤誠似テ必勝不滅」からはじまる長文のもので、いよいよ決戦場に向かう将兵の士気を鼓舞するものであった。

われわれはその日の十二時に大連港に出帆し、途中でニューギニア上陸の目標が、マリアナ群島に変更された。

三十日鎮海寄港。三十一日門司港着。四月一日門司を出帆して三日横浜に入港。三年ぶりに日本の港で、日本の空気のうまさを満喫した。しかし、下船は許されなかった。懐かしい日本の陸地を目前に、われわれは感無量だった。せめて一目でよい、家族に会いたかった。会えれば心残りなく死ねる、と思うと涙が出た。東京につづく関東平野のすぐ先は、栃木の故郷なのだ。そう考える横浜港船上の二日は、つらく空しい日であった。

四月六日、新たに配属された戦車隊や高射砲隊、速射砲大隊の乗船が終わると、船は高島桟橋を離岸した。そして、つぎには房総の館山港に入港した。静かなたたずまいの館山の山や街を見ると、ふたたび生還を期さないと誓った日本への断ちがたい情がこみ上げてくる。日本に生まれ育った二十数年間のさまざまな思い出が、走馬燈のように浮かんでは消えた。

四月七日、館山を後にいよいよ船団の進路は、小笠原、硫黄島、パラオ海域をえらぶことになって、南方めざして平均十六ノットの速力で進んだ。陸地がしだいに遠ざかり、水平線に没すると、北満の凍てついた荒涼たる風景とは一転して、まろやかな平和な祖国日本の姿をふたたびまのあたりにすると、またしても別れねばならぬ祖国への望郷の念もだしがたいものがあった。

洋上に出ると、船酔患者が続出し、さしもの関東軍の猛者も顔色を失った。船団は昼は東に

昭和19年3月1日、南方作戦動員令が下り、パラオ諸島へ向かう第14師団将兵をのせた輸送船。右から東山丸、能登丸。

進み、夜は南に進んだ。敵潜の目をくらますためだった。途中、三十五師団を乗せた三池丸と、駆逐艦「帆風」と船団を護衛する三隻の海防艦の一団が、われわれ師団の輸送船団三隻に合流したが、制空権も制海権もすでに米軍の手中にあるときであっただけに、船団がいっしゅんのまに海底に葬り去られる危険性は強かった。

船団が硫黄島南方に達したとき、パラオ海軍警備隊から無電が入った。パラオ一帯は三月の大空襲で被害甚大である。掃海が終了するまで入港を待つように。足止めを食らったわけである。父島が近づくにつれて、敵の潜水艦の追跡が激しくなった。船の中のわれわれ兵隊はといえば、来る日も来る日も完全武装のまま、馬と一緒にうす暗い船倉にとじ込められたまま、二六時中、敵潜の危険におののいていた。船が南下するにつれ、船倉の中の温度はむし風呂のように高温となり、死の苦しみだった。護衛艦が猿のように船団の間を走り回り、敵潜を追って爆雷攻撃をかける気配が、船倉の鉄壁の向こうに無気味に響き、死と隣り合わせていることを知らされた。

当時を回想すれば、われわれは陸軍だから海の藻屑《もくず》になりたくない、どうあっても陸上で、しかも戦ってから死にたい、と天に祈っていた。

四月十日、かろうじて父島の二見港に寄港することができた。パラオの掃海が完了するのを待って、ここに一週間待機していた。

当時の内南洋は、日本軍にとって無防備に近かった。われわれが二見港に寄港したのも、そのとき、米軍がサイパン、テニアン、グアム島などに猛爆撃をくりかえしていたためである。

　大本営では、〝米軍の内南洋各島への上陸作戦は秋ごろであろう〟と予想していた。ところが、米軍はすでに内地と内南洋を結ぶ航路上に潜水艦を出没させ、陸軍の南方派遣船団を狙撃していた。そのために各輸送船団は狙われ、数十隻の船が撃沈されて、数万の陸軍を乗せた船団が悲惨にも海底の藻屑と消えていた。たとえばグアム島に急行した第二十九師団第十八連隊などもそうであった。全員が海中に投げ出され、ほとんどの者が遭難し、わずかの丸裸部隊がやっとサイパン島に上陸する有様だった。

　一週間も待機したにもかかわらず、パラオから〝掃海完了〟の入電はなかった。師団長はここで敵潜水艦の危険にさらされているより、パラオ入港を強行せんと決意し、四月十八日、決死の船団は二見港を出港した。虎の尾を踏むような道中だったが、四月二十三日、どうにかぶじに、パラオ本島、ペリリュー島、アンガウル島への基点であるマラカル港に入港し、コロール島に到着した。大連を出帆してからちょうど一ヵ月目であった。当時の海上輸送としては、めずらしく被害がなかったために、師団のこの〝偉業〟は高く評価された。

　これが、私の体験と莫大な資料を結集した後にまとめ上げた照集団の南進の過程である。約一ヵ年の歳月を、この調査のため要したが、手元に集めた資料の中にも、高垣少尉の氏名はついに発見できなかった。

わずかばかりの情報

そのころ、私はある執念にとりつかれていた。放置されたままになっている英霊の骨を収骨するために、慰霊供養を目的として玉砕島へ渡島する慰霊団の組織づくりである。

悲惨な玉砕戦跡を目のあたりに目撃した私は、その後いいようのない怒りに捕らわれてしまったのだ。いまの日本が享受している平和の有難さが、ひとしお身にしみるとともに、改めて政治、教育、宗教などに向かって、さまざまな疑問を投げかけずにはいられなかった。

戦後、戦場処理をすっかり忘れた政府が、ただ馬鹿の一つ覚えのように経済成長の成果をのみを内外に吹聴《ふいちょう》していてもよいものなのか。今日の平和をかちとるために死んでいった先輩たちの尊さを、教えようともしない教育者、伝統ある家族制度が瓦解して、先祖とのつながりを忘れてしまった結果、仏の供養、死者への畏敬を知らない青年たち。日本民族伝統の精神は、すべて過去のもの、古びたものとされ、仏教は政治に関心を持つことによって形骸化していた。これでよいのか。私は無性にわが内なるものを訴えずにはいられなかった。為政者や人々の関心と反省をうながすには、私は何をすべきか。自問自答のすえに到達した結論が、戦史を書いて広く世に問うことであった。当時、われわれの戦友が、どのような気持で戦い死んでいったか、赤裸々な記録を残そうと心に決めたのだった。

過ぐる日、われわれは、全力を傾倒して戦った。あれだけの国難はもはやふたたび到来することはなかろう。戦場も銃後も、〝勝つまでは〟と歯を喰いしばり、困難に耐えた。そして散った二百万人を越す同胞、この人たちの犠牲があったればこそ、今日の平和が築かれたのだ。忘却してはならない。戦場で朱に染まって息を引きとる兵士が、みな一様に願ったことは、「日本民族よ、永遠に栄えあれ！」の一言である。その彼らの声が天にとどいて、この現代の平和が訪れたのだ。

「ふたたび戦争はしません」という。これは、正しい言葉だが、だれが好んで戦争をしただろうか。過ぐる日の戦争――太平洋戦争こそは、日本人にとって、忘却してはならない、もっとも身近な重大な歴史であり、国家開闢《かいびゃく》以来の一大試練であったはずだ。その試練を基準にしてこそ、戦後の本当の反省があり、これからの日本人がどうあるべきかの指標が生まれてくる。戦争を毛嫌いし、ただ批判し、忘れ去ることは簡単のようだが、われわれの先輩や先達が現実に歩んだ道を抹殺することはできないのだ。かつて私の周辺にあった事実を、ありのままに具体的に話すことによって、当時の青年の純粋な心を、たとえ何人でもよいから理解してもらいたい。私は寝る時間を、書く時間に変えた。

幸い私は激闘をつづけた玉砕戦場に参加していたので、じつに多くの体験を重ねてきていた。書きたいことは山ほどもあった。題して『英霊の絶叫』とし、文芸春秋新社が出版して広告にも大変な力を入れてくれた。故三島由紀夫先生が、長い序文を寄せて下さった。またその内容が、戦後はじめて、玉砕戦闘の悽愴な様相を如実に描いただけに爆発的な反響があり、出版部数は十万部を越えた。これもひとえに、書籍の行間よりほとばしる、亡き戦友たちの絶叫が、人々の胸を打ったのだと思う。おかげで、アンガウル島に慰霊碑を建てるための費用ができた。それだけではない。グアム島に慰霊碑を建立するための寄付が百万円を越したのである。私の投じた一石は、与論を喚起し、広く収骨運動のきっかけとなり、また靖国神社国家護守問題が、世に出る端緒となった。

〃わが業はわが為すにあらず〃不思議な確信が私にわいてきた。昭和四十一年、私は第二回収骨慰霊のためパラオ諸島に渡った。つぎにペリリュー島の戦史を書くべく、資料収集に着手した。

老婆から手紙を受け取ってから、はや二年を経た四十二年の夏の日だった。私は暑い日差しの下で資料集めに奔走していた。今度出版する書籍の印税によって、ペリリュー島にも慰霊碑を建立したいというのが、私の願いだった。私は自衛隊の戦史室を訪れ、さらに旧師団参謀の中川大佐の自宅を訪問した。その日、私には天佑があった。ありがたいことに十四師団隷下の各連隊秘蔵の、将校名簿が入手できたのだった。

私の目は皿のようになって、名簿の氏名の上を走っていった。この名簿は昭和十九年五月一日に、作成された貴重なものである。かならずここに高垣少尉の名があるはずだ、と思った。が、やはりあった。長く探し求めていた高垣少尉の姓名は、歩兵五十九連隊の末尾にあった。定員外の項の末尾に、少尉の氏名が明確に記載されていた。

それをつき止めたときの喜びは、はかり知れない。しかし、少尉が、私と同じ連隊に所属していた人であったとは、じつに意外であった。ならばもう少し早く判ってもよさそうである。それに五十九連隊出身の将校たちを、なぜ記憶していないのだろう。彼らが一様に記憶していない点を、私は不審に思った。しかし、定員外のところに記載されていること、その後の名簿に氏名が除かれていることを考え合わせると、少尉が五十九連隊に所属していた期間は、余り長くなかったのかも知れない。すると考えられることは、五月以降から八月までの間に、少尉は他の部隊に転出になったわけである。パラオから転出するといえば、当時の戦況から考えて、ペリリュー島かアンガウル島しか転出先はないといえる。確か私がいたアンガウル島に、八月末まで五十九連隊は守備隊として駐屯していた。四月にパラオに上陸して以来、短期間だが、私と同じアンガウル島に、高垣少尉はいたわけだ。そう考えると、少尉が身近な人に思えた。それから五十九連隊は、サイパン島が玉砕したので、パラオ本島強化のために、第一大隊後藤大隊だけを残留させ、全員パラオ本島へと引き揚げたのだった。そのときには少尉もパラオ本島に引き揚げたものであろうか。第一大隊の将校名は私の記憶にあり、またアンガウル島で戦死したすべての将校も、記憶にある。アンガウル島玉砕後、将校で捕虜となって生還したのは、三人の軍医と二中隊長の佐藤中尉のみである。このことから、パラオに引き揚げた組に、高垣少尉はふくまれていたと私は推理した。さて、そうなると、パラオに引き揚げた高垣少尉は、その後どのような活躍をしたのだろうか。

ちょうどそのとき、友人の君島文男さんからの手紙がとどいた。君島さんはかつて私と苦楽を共にしてきた人で、いまは塩原温泉で上会津屋という旅館を経営している。私は信頼できる友人たちに、依頼の手紙を出したのであったが、これはその返信である。文面にはこう書かれてあった。

……その時期は思い出せませんが、師団長命令で水中遊撃隊の隊長を養成するため、各隊から水泳の堪能な将校を一名差し出すよう指示されたとき、私もその訓練に参加しました。そのとき確か高垣少尉も参加していました……

これは貴重な情報だ。また一つ少尉の姿が浮き上がってきた。私はこおどりして喜び、感謝した。そしてさっそく、大切な情報の〝訓練〟がいつごろ実施されたかを調べるために、十四師団の戦歴を調査した。

照作命甲第一三〇号『昭和十九年七月三日より八日迄、〝海上決死遊泳隊〟の訓練あり』と記載されてあった。これによって七月初旬の高垣少尉の所在が、パラオであったことだけは判明した。七月初旬といえば、サイパン失陥後である。米軍の攻撃のホコ先は、パラオに指向されていた。それを予想する作戦参謀が、師団の作戦に一番苦慮していたときであった。

君島さんから便りがあった直後、さらに新しい情報が寄せられた。茨城県の増山平さんからである。彼は師団通信隊の隊長付であった将校で、現在サンケイ新聞社に勤務し、日頃から私はお世話になっていた。

……私のかつての部下の話によると、昭和十九年の秋頃、マカラカル島に通信の仕事にいったが、そのとき高垣少尉とその小隊の近くで仕事をした、そうです……

増山さんの便りには、そう書かれていた。

十九年の秋といえば、君島さんの言う海上遊泳隊の訓練以後、約四ヵ月たっている。とすると少尉は、訓練を受けた直後、マカラカル島に派遣されたものと想像できた。さらに師団の戦歴を見ると、

『十月十日、照作戦命甲第二〇〇号ヲ以テ、集団ハ十月十二日以降捜索拠点ヲ〃マカラカル島〃ニ推進スル』

とあって、私の推理を裏づけた。

高垣少尉は海上決死遊撃隊の訓練以後、マカラカルにて活躍した、という一連の仮定がここにでき上がったと私は考えていたのだったが、意外な方向から私の固定しかけていた想像を、ゆり動かす情報を得たのである。

またそのころ私は、ニミッツ提督の書いた『太平洋海戦史』を読んだ。それには、『ペリリュー攻撃は米国の歴史における他のどんな上陸作戦にも見られない、最高の損害比率を出した。すでに制空、制海権をとっていた米軍が、死傷者あわせて一万人を数える犠牲者を出して、この島を落としたことは、今もって疑問である』とある。この戦闘を書いたものが、私の『サクラ　サクラ』であり、この本の資料として、九州の友人から送られてきた十九年

十月調製の独立第三百四十六大隊戦死イロハ留守担当名簿を見ていたとき、私はそこに高垣少尉の名を発見したのである。これは、ペリリュー島戦において、戦歴がまったく発表されていない引野隊北地区隊のことを書くために、各方面に資料を依頼し、入手したその一部のものである。名簿を見ながら、引野隊将兵の八割までが兵庫県と近辺の出身者であり、予備役の多いことなど感じながら、頁をめくっていた。そのとき、この名簿のある欄に、高垣勘二少尉の名を発見したのである。私はまったく驚いてしまった。少尉はペリリュー守備隊引野大隊本部に所属していたのか！　私は自分の眼を疑った。しかし、まちがいなく「機甲少尉十八年予備役、高垣勘二」と確かにかかれている。そのうえ、少尉の氏名の下部には、生存していることを明確にした㊓の符号がついていた。

不思議なことがあるものだ、と私は思った。なぜなら引野隊は、その年の十月、ペリリュー島北地区で獅子奮迅の戦闘をくりかえし、米軍に大打撃を与えた後、全員玉砕しているからであった。㊓の符号のついているのは、ほかにも三十三名あった。少尉の氏名の下枠の中の留守担当者名には、はっきりと少尉の出身地である栃木県氏家と、父君の高垣与一さんの名が書かれている。

少尉はいつのまに、五十九連隊から引野隊に転出していたのであろうか。

＊

高垣少尉が名簿に記載されている通り、引野隊に所属していたのだとすると、引野隊がペリリュー島守備隊として、いつごろ、どういった経路で派遣されたかを、またその中に高垣

日本兵がひそむペリリュー島の地下壕に、注意深くちかづいてゆく米軍兵士。日本兵が生存しているのは確認されたが、投降を拒否している。

飛行場で出撃準備中のＭ４シャーマン中戦車。ペリリューには150輌以上も投入された。右側に見えるのは海軍一式陸上攻撃機の残骸である。

40ミリロケット砲数十門を搭載した弾幕艇——上陸用舟艇が海岸にちかづいたとき、日本軍の砲火にさらされるのを防ぐのが主任務である。

軽快性をいかにして、前線で多用されたMIAI75ミリ榴弾砲。物量にものいわせる米軍は、島の奥地へと進出し、守備隊に砲弾の雨を降らせた。

日本軍が沿岸に敷設した機雷を撤去するためにクレーン船までが出動している。はるか後方には、迷彩を施した支援用の戦艦が停泊している。

装甲車とともに、日本軍を追い詰める米海兵隊。装甲車上の機銃は大きいほうがM2ブローニング重機、小さいほうがMI1919A4軽機である。

日本軍の抵抗がはげしく、舟艇の損害が大きかったので、ペリリュー島の西海岸では、水や燃料などを揚陸するために、人海戦術もとられた。

米軍側の戦傷一万余名。日本軍の監視塔があった頂に、やっと星条旗を掲げているところ。荒れ果てた戦場をあとにする米軍負傷兵(左写真)。

少尉がどのような立場でいたのかを、なんとしても調査しなければならないと考えた。

しかし、資料らしい資料も集めがたいのに、すでに玉砕している部隊のことなどを調査するということは、海中に落とした一枚の金貨を探すに似て、容易な業ではなかった。だが、どうしても探し出したいと願う意志が天にとどいたのか、数ヵ月の後に横浜在住のもと歩兵十五連隊の連隊旗手だった多川さんという人から、多川さんがパラオ本島から持ち帰ったという「歩兵第十五連隊陣中日記」を拝見する機会を得た。その中の一頁から、

「六月三十日、独立混成第五十三旅団隷下の在コロール独立第三百四十六大隊大隊長引野少佐以下四百四十名を、ペリリュー島地区隊長の指揮下に加える……」という一文を見出したのであった。これでようやく判明したことは、六月三十日、高垣少尉は引野大隊とともに、ペリリュー島に向かってコロールを船出し、ペリリュー島に派遣されたことなどが想像された。しかし、なんといっても想像だけで心もとなかった。ほんとうに少尉はこのとき、引野大隊に配属されていたのか、それを裏づける確かな証左を必要とした。

ある日のことだった。私は、偶然にも、独立混成第五十三旅団長山口武夫少将が書かれた『戦後の回想』なるパンフレットを拝見する機会にめぐりあった。

『当時パラオ本島には、第八方面軍隷下の南下する大部隊が、一応この島まで辿りついたが、輸送船の不足で足止を喰らった、滞留した部隊は百二十個隊、第二方面軍隷下部隊は五十五個隊あり、それら部隊は、老大佐を長とする兵站部隊もあれば、上等兵以下二名という追及部隊もあって、その人員は、約一万一千に達していた……』

と、このようにして、パラオ戦線の滞留部隊について書かれてある文章が私の関心を捕らえたのだった。これは、確かに当時のパラオの様相を伝えていた。米軍の潜水艦によって輸送船はつぎつぎに撃沈され、内南洋以南への派兵は、米軍によって中断させられていたころだ。このような非常時下にあって、島にはさまざまの部隊がやむなく集結していた。

——ちょうどそのころ、照集団は、各島に分遣した各部隊に、初期の作戦準備の計画である水際において米軍上陸部隊を撃退するための、重火点や野戦陣地と洞窟陣地を構築させていた。

だが、前述した滞留部隊を、各島に増強させることを考え、五月四日以来、独立混成旅団の編成準備に着手し、山口少将の山口部隊本部を旅団司令部として、その編成をはじめたのである。

そのころパラオには、引野通広少佐を警備隊長とする第五十七兵站警備隊が駐屯していた。この隊は兵庫県出身の将兵を中核とした歩兵部隊であったが、この隊に、さらに在パラオの各連隊より将兵を集め、新しく独立歩兵第三百四十六大隊を編成した——

私はこの最後の一行に、なぜ高垣少尉が第五十九連隊から引野隊の隷下に入ったかという鍵を見出したのであった。非常時下にある島の混乱した事情から、このような事態が発生したものであろう。これで高垣少尉が引野隊の名簿に記載されていたわけが納得できた。あわせて多川さんから見せられた『陣中日記』の『六月三十日、ペリリュー島予備隊となる』の意味が、ようやくつながった。独立歩兵三百四十六大隊の編成は六月十二日に終わり、照集団隷下に入ったと、つづく文章には書かれていたからである。

　こうなると後に残った謎は、引野大隊の名簿に記載されていた高垣少尉の氏名の下の欄にあった生⃝の記号である。玉砕した部隊の名簿にあった三十四名の生⃝。彼らはなぜ生存したのであろうか。私は残された謎を解こうとして、躍起になっていた。だが、それ以外の資料はなく、しかも協力者もない。しかし、偶然がまた重なって訪れたのである。

米上陸部隊を水際で撃退するために、水中障害物造りに励む照集団の守備兵。写真はアンガウル島東海岸。

　私の三冊目の戦記である『玉砕』の脱稿の日も近いころであった。私は横浜にある日本赤十字社の所長、旧パラオ参謀中川大佐を訪れ、秘蔵の電文を頂戴してきた。電文は六百通にのぼる厖大な綴りであった。当時、照集団の作戦の鬼といわれた参謀長多田大佐が、厳しい米軍の眼をかすめて、戦後日本に持ち帰った貴重なものである。

　電文の大半は、ペリリュー島守備隊が玉砕戦を遂行しながら、村井少将、中川大佐らが打電した玉砕戦訓と、パラオ集団の血のにじむ戦歴を刻んだものであって、その一枚一枚には、護国の鬼と化した戦友の声、鬼神も哭かしめる戦闘の模様や、推移が浮きぼりにされていて、私の心を激しくゆさぶった。このような量り知れぬ貴重な資料が、よくぞいままで保管されていたものだと敬服せざるを得なかった。話に聞けば、これは多田大佐が生命にかえてもの決意で持参したものであるという。

多田大佐は、復員後、戦犯に問われ、そのさい米軍によって自宅を徹底的に捜査されたそうであるが、この日あらんことを予測していた大佐は、秘かにこの電文綴りを他の場所に秘匿していたのである。やがて受刑して巣鴨拘置所に収容される直前、大佐はかろうじて捜査の目を逃がれた電文を、信頼厚かった中川廉氏に託した。

数奇な運命を担った電文は、いま私の手中に入った。思えば一兵士にしか過ぎなかった私にとって、過分といえる天の配慮であった。英霊顕彰への道をひたすら猛進するこの私に、亡き戦友の霊が与えてくれた恩恵であるといえよう。

私は、得がたい電文を『玉砕』に書き加え、サブタイトルを〝暗号電文で綴るパラオの死闘〟とした。そして、私はやっとここで、高垣少尉の斬り込みについて、はっきりした確証をつかんだのであった。電文の中から、決定的なガラゴン斬り込みの模様を知り得たのである。老婆の手紙にあった〈決死の斬込隊に成功し……〉という一文の裏づけを、電文の一通より確かに証拠だてることができた。

探しつづけていた高垣少尉の戦功のハイライトは、つぎなる電文のすべてに象徴されていた。

『ガラゴン島ヘノ斬込（十一月八日）及ビ十二月二十四日ハ、畏クモ御嘉賞ノ御言葉ヲ拝シタル。当面ノ勇士高垣少尉ニ……（後略）』
『……高垣勘二少尉ニハ個人感状ヲ賜リタキ意見ナリ……（後略）』

また、そのほかに海上決死遊撃隊に関する電文も、かなり散見することができた。しかし、いまだ高垣少尉の生涯の全貌が、この私につかめたわけではなかったが、このガラゴン斬り込みについては、ぜひ執筆中の『玉砕』に書き加える必要を感じた私は、伝手《つて》を頼って高垣小隊の関係指揮官であった茨城の小久保荘三郎さんにお逢いした。その際の取材をふくめ、私は曲がりなりにも高垣少尉になりきって、ガラゴン斬り込みを書き上げ、その抜群の勇戦を『玉砕』の一項に加えたのであった。

ここに高垣少尉の勇姿は蘇《よみがえ》った。少数の部下を率いてガラゴン島に潜入し、米軍の心胆を寒からしめた少尉の功績は、ふたたび人々の心を打ったのである。しかし、私はここに率直に心情を吐露しなければならない。老婆に依頼された二階級特進については、なんの実情もつかみえないまま、いろいろな疑いが私の心の底に低迷していたからだ。私はときおり電文を読み返しては頭をひねっていた。電文の行間に謎のようにふくまれている――その何かが、私を悩ませた。

四十三年八月、読売新聞社から『玉砕』は出版された。その内容は電文六百通を基準にして、ペリリュー島、アンガウル島の玉砕戦闘を正確に記録したものである。その出版記念の日、私は英霊顕彰に結びつけるため、かつての照集団の生残者を一堂に集め、大同団決をはかった。この運動は一年の後にみごとに実を結び、集団の生存者の浄財を得て、慰霊碑がパラオに建立されたのであった。じつはこの会合においても、高垣少尉の情報を得ようとして、数多くの将校に質問を忘れなかったが、杳《よう》として少尉の情報はつかめなかったのである。

孤島の驟雨の中で

昭和四十三年八月、私は一週間の予定で単身パラオ諸島に出かけた。羽田からパンナム機でグアム島まで、三千キロを約二時間。ここからローカル線コンチネンタル社が経営するダグラスD六型機に乗り換えて、約二時間すると裸の島ヤップ島に着く。そこで給油、そしてさらに一時間三十分を飛行すると、眼下に美しく点在する岩山と、そこを中心に南北に長く延びる島影が展開してくる。ここが私の目指すパラオ諸島である。

やがて古風な四発の飛行機は、パラオ本島の南端にあるボーキサイトをふくんだ赤錆色をした台地の、アイライ空港へとおりたった。

空港といっても殺風景な、待合室一つ見当たらない、ただ南北に延びるのっぺりした滑走路には、土ぼこりが立ちこめているといった、空港などとは信じられないただの平坦地だ。だが、この飛行場こそ、戦時中、日本軍の兵隊が、熱い陽に身を焼きながらモッコをかつぎ、営々として造成した、それこそ血と汗のしみ込んだ飛行場なのである。戦後、米軍の手によって、かなり拡張されてはいたが、かつてこの滑走路の周辺には、日本陸海軍の陣地があって、連日、米軍の猛空襲下に大奮戦をくり返した、思い出の戦跡が点在している、その光景は、この殺風景な飛行場の景観の背景のように、私にだけそれは見えるのだ。

空港から車で南東に進むと、アルミズの水道がある。この水道は、それまではまだ米軍の大型上陸用舟艇を利用して渡し舟としていたが、近く日本製の本格的なフェリーボートを使用するようになるとかで、真っ黒い何人かの工夫がはたらいているのが見えた。ここを越えて八キロほど行くと、パラオの首都コロール島である。戦前、ここは南洋随一を誇った軍都であった。南洋庁の所在地であり、南拓会社の開発要地としても有名であったが、街には昔日のその面影はなく、米軍の徹底的な爆撃で焦土と化した街路の両側に新築しつつあるバラックの姿に、ようやく復興のきざしが見出されていた。

パラオ諸島とは、正確には西カロリン群島の南端を占める二百余の島々を言う。島々は東経百三十五度の線上に点在している美しい常夏の国である。

その日、私は、コロール島でボートを一隻チャーターした。運転士はこの島で育った、私とは顔なじみのラッキーさんだ。ラッキーさんを雇うことは、最初から舟主に申し出た条件のうちの一つだった。私は渡島のつど、この人に世話になっていた。島育ちであるかれは、このあたり一帯の、複雑変化に富んだ海域にくわしく、またときに応じて沈着剛胆な行動をとった。

私は、かれの操縦で何十キロも離れた離島へと、何回となく往復した経験があり、かれの

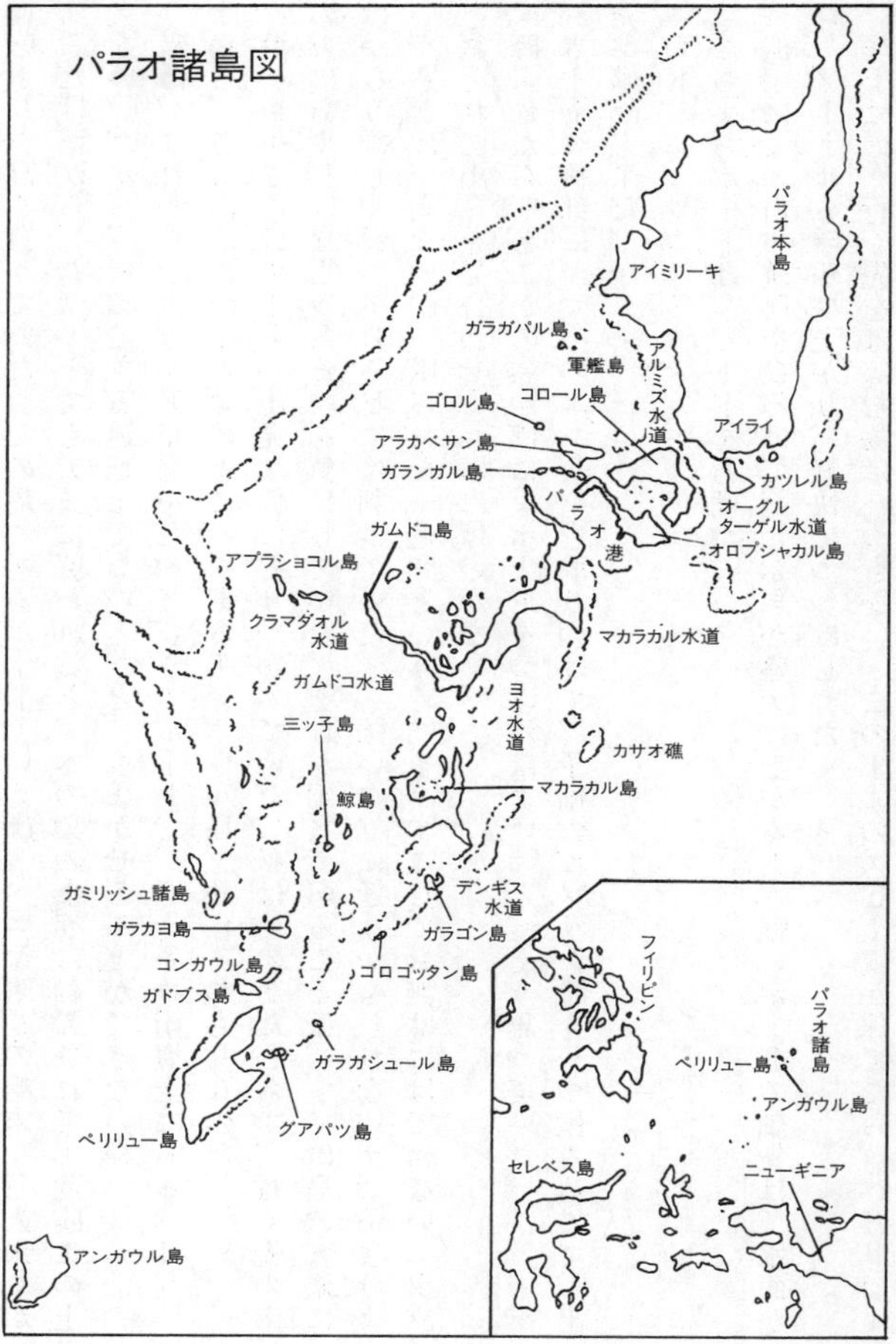
パラオ諸島図
パラオ本島
アイミリーキ
ガラガパル島
アルミズ水道
軍艦島
ゴロル島
コロール島
アイライ
アラカベサン島
ガランガル島
カツレル島
パラオ港
オーグル
ターゲル水道
オロプシャカル島
ガムドコ島
アプラショコル島
クラマダオル水道
マカラカル水道
ガムドコ水道
ヨオ水道
三ッ子島
カサオ礁
マカラカル島
鯨島
デンギス水道
ガミリッシュ諸島
ガラカヨ島
ガラゴン島
コンガウル島
ゴロゴッタン島
ガドブス島
ガラガシュール島
グアパツ島
ペリリュー島
アンガウル島
フィリピン
パラオ諸島
ペリリュー島
アンガウル島
セレベス島
ニューギニア

運転ぶりを高く買っていた。この島にあるボートといえば、ベニヤ張りの粗末な三人乗りがあるだけだから、ちょっとでも大波に襲われると、木の葉のように翻弄されて、危険この上もない。だから、信頼できる運転士でないと、とてもまかせることができない。

私は、これからマラカル波止場をたって、このボートで、五十キロ南海上にあるペリリュー島と、さらにその南十キロのところにあるアンガウル島を訪れるつもりなのだ。

ラッキーさんはボートの出発準備にとりかかっていた。私はそのかたわらで、行く先の南の方にあやしげな雲があるのを気にしていた。それが雨雲であることは、すでに島の天候にはかなり詳しくなっている私には判っていた。「強い夕立に逢うかもしれないナ」あまりよい予感とはいえないが、限られた一週間という時間を、すこしでも無駄にはできない。夕立をおそれて出発を見合わせるわけにはいかない。

「降られたら、どこかの岩かげに、ボートをつければよい」と、そう思っていた。

ボートの後部にヤマハのエンジンを取りつけて、予備のガソリン罐を一つ積み込んで、出発準備は完了だ。

「OK、レッツゴー……」

たちまちボートはスピードをあげた。

派手にまっ白い航跡をひろげて、しぶきが盛大に上がると、軽いボートの舳先《へさき》は、水面から一メートルも浮かび上がり、軽快につっぱしった。

洋上には、行く先をはばむ物は一つもない。このままのスピードが保てたら、ペリリューまでは一時間ぐらいで到着するだろう。いまのところ時速五十キロは出ているだろうが、この先の岩山の間を通り抜けると、外洋はひときわ波が大きいので、スピードを落とさなくてはならない。大きな波のウネリの上を、五十キロでぶっ飛ばしたら、軽いボートはたちまち腹を見せてしまうだろう。

岩山を抜け出したラッキーさんは、スピードを半分に落とした。それでも波のウネリを越すたびに、ボートはウネリの衝撃を強く受けるのだ。ウネリに乗るときは、ボートから体が浮いてしまうくらい、フンワリと気持がよいのだが、浮いた体がボートに納まるときの痛さといったらなかった。連続して舟板におしりを叩きつけられるのは、耐えられないほどの苦痛だった。

渡島の度、水先案内人を務めてもらったラッキー氏。マラカル港を出発時。

太平洋の波涛の上を、ボートで疾走するのは、最高のスリルを味わえて痛快ではあるが、それだけに危険と身体の苦痛がともなって、けっして容易なことではなかった。

ボートは四十キロほど進んだ。三ッ子島と鯨島が、行儀よく並んで近づいてきた。その間を通り過ぎると、マカラカル島の南端が、右手の方に見えてきた。この辺りがパラオ戦攻防のとき、北上する米軍を阻止すべく、パラオ集団が苦心惨憺した防衛戦の南端である。

やがて行手に、ギザギザした高地を中心として、南北に黒くジャングルが伸びる細長い島が見える。これが中部太平洋随一の激戦島ペリリュー島なのだ。

その向こうに、アンガウル島が小さく見えている。ラッキーさんは、それまで舟べりに腰をかけて操縦していたが、マカラカル島を過ぎると急に立ち上がり、いとも慎重にボートをあやつりだした。ここからは急に海が浅くなり、その上、浅い海底には幾つもの環礁岩が突起しているのだという。その岩と岩の間には、人工で掘り込んだわずかの幅の南に通じる一本の水路があり、これを水道と呼んで唯一の小型船の安全航路となっていた。この水路を通ってあらゆるボートは航行されていた。この水路を少しでもはずれると、舟はかならず坐礁してしまうのだそうだ。

だから戦時中には、この複雑な海路になやまされ、飯田大隊の夜間逆上陸決行のさいには、坐礁した大発が、じつに多かった。それは、いま私たちが航行している水道の北端、ガルキヨク水道と呼ばれているあたりであった。ペリリュー島からほんのわずか北方の海域での出来事だったわけだが、逆上陸の途中での坐礁は、思えば無念なことであった。

しかし、悲しい過去の出来事とは別に、水道をボートが進みはじめると、あたりの海の色のあまりの美しさに、私はすっかり魅せられてしまった。

エメラルドを敷きつめたような海面が、しばらくの間つづく。エメラルドの水色は、陽光と遠近の具合によって、鮮やかなエメラルドグリーンとエメラルドブルーの光の段階を、万華鏡のように変化して見せてくれる。この世のものとは思えぬようなその美しさに、思わず驚嘆の声を上げてしまうほどだ。

私はここを通るたびに、この美しさを超越したあやしいまでの美しく神秘的な色にひき込まれていった。なぜここはこんなに美しいのか。私はボートを止めて、海底をのぞき込んだこともある。海底は緑色を帯びた環礁岩が、くまなく敷きつめられており、その緑色の岩の畳が、海水を透した強い光線に反射するからなのか、神の造化のたくまざる美観は、人間ごころの思案など思いもおよばないほど人の魂をうばい呆然とさせてしまう。が、あのとき、この波上を、米軍撃滅を誓った日本軍の逆上陸部隊が、夜間、殺意を胸にひめて南下して行ったのであろう。そう考えると、あらためて感無量ならざるをえない。遠い日に思いをはせていたとき、ラッキーさんがただならぬ気配を示した。

「いる、いる、大きい！」

ラッキーさんは大声でがなりたて、ボートの中にあったモリをつかむと立ち上がり、青い海底に向かって、モリ先を狙い定めた。こんなきれいな海にいる魚って、どんなに美しい魚だろう。私は好奇心をつのらせて、モリ先のあたりに視線を落としてみて、逆にビックリ仰天してしまった。そこには畳一枚もある、四角な怪物が悠然と泳いでいるではないか！　泳ぐというより、角ばった体をうねらせながら、海中をまるで飛ぶように軽やかに、われわれのボートなどに頓着しないのか、あるいはゆるやかにボートにたわむれているのか、泳ぎまわっている。しかし、その怪物は、モリを認めて殺気を感じとったのか、とつぜん矢のようにボートの脇をすり抜けようとした。生まれてはじめてみる巨大で不気味な魚に、最初ただ驚いていた私だったが、一瞬、海の魔物にのろわれているような錯覚をさえ受けたほどである。

　ところが、ラッキーさんは、ニヤニヤ笑いながら怪物をねらっている。そして、持っていたモリを、私に押しつけるようにして渡すと、発動機のスピードをあげ、カジ棒を中腰で握りしめ、舟べりから身を乗り出して怪物をにらみ、追っかけだした。

「あいつは鱏《エイ》だ！」話には聞いていたが、なるほどすごい。ボートのスピードが上がっても、まだまだ鱏の方がはやかった。

　しかし、みるみるうちに殺気だった私は、ボートの舳先に立ってモリを構えた。われながら、先刻見たラッキーさんのモリを構えた手つき、腰つきそのままだ。

「もっと早く！　右にカジを切れ！　いや、もう少し左だ！」

　私は大声をあげて、ラッキーさんに方向指示を与えていた。つい先刻まで美と平和を満喫していた私だったが、急転して殺意を燃やし、戦争以来押し込むようにしてきた、人間本来の野性をむき出しにしていた。

　エメラルドの水面をエイにつられるまま、ボートは左に旋回し、右に旋回し、激しく水しぶきを上げた。ラッキーさんは慎重に、そして大胆にカジを切って、自由自在にエイの後を追った。しかし、牛若丸ではないが、ここと思えばまたあちらと、エイは千変万化して二人をほんろうしつづけた。二人とも水しぶきでビッショリになりながら、全身全霊を傾注したが、なんといってもエイは海を住まいとする主だ。適当にボートの二人をあしらったあげく、巨大な姿をいずこへか、かくしてしまった。まるで海中にかき消したようにである。見うしなった獲物は、倍の大きさに思えた。

ラッキーさんはあきらめて、ボートのスピードを落とすと、あらためてペリリュー島の方向に舟先を向けた。私はスゲェものを見失ってしまったと、ガッカリしながらモリをおろして、かなり長い時間だった追跡劇の激しい緊張から解放されようとしていた、そのときだ。雨雲がいつのまにか接近してきていて、それまでまぶしかった南国の陽光をさえぎり、一陣の冷風が不気味に吹きはじめたことに気づいた。われわれは予想外の道草を喰ってしまったのだ。

時をおかず急速に広がった雨雲が、まるで溶けて砕けて流れ落ちるように、洋上のチッポケなボートを襲った。このあたり特有のスコールが身体の皮膚を痛いほど叩いて、あたり一面が暗くなった。細引きよりまだ太い水滴の雨が、急激に水面に音を立てると、二人はあわてて持参したビニール合羽を羽織ろうと、夢中になった。すばやく着けないと肌が痛い。南洋のスコールは、いままでに何回となく体験している。日本でいえばニワカ雨が急に襲って、また急に晴れ上がるようなもので、陸上にいればやり切れない暑さにうだる身に、一時ではあっても涼感を与えてくれるスコールだが、この日、ラッキーさんと小さなボートに乗ったまま襲われたスコールは、涼しさなどを通りこして、あまりな強烈な降り方と長い時間に、私は異様な恐怖に襲われていた。わずかのうちにボートの底には雨水が溜まっていった。それが降りしきる雨に、あやしくざわめいた。私は危険を感じた。

「ラッキーさん、ボートが沈んでしまうよ」

大きな声でガナッたが、豪雨は私の声を容赦なくもみ消した。

しかし、ラッキーさんは、雨の中で口をパクパクさせる私に向かって、親指と人差指で丸をつくって掲げて見せた。外人がよくやるＯＫの信号だ。そして、こんどはある方向を人差指で差して、その方向の空間をつつくような仕草をした。そっちに行くという意味らしい。

私はその方向を見たが、豪雨が滝のように流れていて、分厚い雨壁が視界をまったくさえぎっていた。どこへ行こうと言うのか。私にはさっぱり確認できなかった。ラッキーさんは身体を敏捷《びんしょう》に動かして、エンジンを全開させ、雨幕の中をつっぱしった。二、三分すると、こんどは急にエンジンを停止させた。

「スワ、なにか異変が？」ラッキーさんの行動をうかがった私は、ラッキーさんが海中に飛び込むのを見て、肝を冷やした。ところが、ラッキーさんは海中につっ立っていて、ボートからおりなさいというように手まねをした。そこは浅瀬だった。そして、その先は、私にはさっぱり判らなかったが、島だったのだ。ラッキーさんはマングローブの木の根にボートをつなぐと、私の先に立った。

私は上陸した瞬間、「ああ、これでボートの沈没からのがれられた」「助かった、助かった」とホッとした。経験豊かなラッキーさんの、適切な処置を有難く思う心の余裕はなかった。

それから豪雨の中を、ラッキーさんの姿を見失わないように夢中になって走った。どのくらい走ったろうか。ラッキーさんが私を誘導したのは、一つの小さな洞窟ともいえぬ横穴だった。戦時中の日本軍の陣地かも知れない。

入口はうす暗く、奥はまっ暗だった。ともかく横穴に飛び込んだ二人は、やっと豪雨の直撃から抜け出すことができた。しかし、二人とも急に疲れが出て、がっくりしてしまった。すわり込んだ私は、たまらない睡魔に襲われた。

「……ここはなんという島かい……？」

それでも瞼をとじながら、私はラッキーさんにそう尋ねていた。

「ヒヤーイズ　○○○……」

ラッキーさんの声をかすかに耳にしながら、もう私は深い眠りの中におちいっていた。

さまよい出た将校

　ところで私は、こんどのパラオ諸島行脚の旅に出発する直前になって、高垣少尉の消息を知る手がかりにもなり得るような当時の新聞記事を入手していた。戦史室の藤田事務官のはからいによるものであったが、その、昭和十九年一月二十一日付けの朝日新聞朝刊には、左のように、

『九勇士ガラゴン島斬り込み　ペリリュー島北方　上陸の敵震駭す』

と、とくに太文字の見出しが使用され、高垣小隊長以下八名のガラゴン島斬り込みの模様が生々しく伝えられていた。それは、まさに壮烈そのものであり、また、その奮戦の光景は、私自身のアンガウル島での死闘の模様と二重うつしにかさなって、ますます鮮烈な印象となって私の脳裡に焼きついていた。

　きっとそんなこともあってか、見知らぬ洞窟の中で、ラッキーさんとともにスコールを避けているうちに、私はいつのまにか、うとうとと眠りこみ、夢を見はじめたのだろう。

眠っている私の意識では、私の肉体から、私の精神だけが少しずつさまよい出していき、やがてまったく別の世界の中にはいりこんで、そこで目ざめているような不思議な錯覚の世界に引き入れられていた。

一般的にいえば、それを〝夢〟の世界というのであろうが、そのとき私が引き入れられていた世界は、〝夢〟と呼ぶには、あまりにもリアリティに富み、暗示的でさえあったのだ。私はその話をすこししておこうと思う。それは、ふしぎなことにこの〝夢〟が一つのヒントとなって、高垣少尉の謎が解明されていくからである。

さて、その〝夢〟の中で私は、気がつくと大きな洞窟の中にいた。この洞窟は、かつての日、玉砕戦の最中に、私自身が、飢えと渇きと重傷に悩まされながら、はいずり回った数しれぬ洞窟の中の一つのようであった。

この死の臭いに満ちた洞窟の記憶は、いまも私の心の深奥にひそんでいて、まるでその記憶が一つの観念と化しているかのように、この洞窟の中に在るかぎり私は、自分自身の魂の深奥へ深奥へとはまりこんでいくことができるのである。

その日も、だからそうであった。――

私はまるで岩石のように重たい頭を、かろうじて少しもたげ、眼前を見つめようとしていた。重たいのは頭ばかりではなかった。腕も足も胴も、いや体全体が鉛のようになって、リーフの上にころがっていた。

私は気を失っていたのだろうか？　左腕がかすかに視野に入ってきた。血糊で固まって、板のようになっている。畜生！　残念だが、腕も足も棒のようにつっぱっていて、さっぱり自由がきかないのだった。感覚がぼんやりながら、甦《よみがえ》って来るにつれて、背面からゴーッという、不気味な砲撃音が響いているのが、聴覚にも甦ってきた。

するとと同時に、左腹から痛みが全身に走り、恐怖が私を鷲づかみにした。逃げなければ……。私は必死になって、全身の力をふるい起こし、なんとかして前に這っていこうともがいた。

ゴーッと、音は間断なく鳴り響いて、いまにも私を襲いそうだ。早く逃げなければ……右の掌がリーフをひっかいた。そのとき、私はまた新たな恐怖に襲われて、危うく失神しそうになった。掌がヌルヌルと濡れていたからであった。掌ばかりではない。身体全体がビッショリと濡れていた。それは私の身体からにじみ出て、リーフに滴っている。垢にまみれ、枯木や雑草を巻きこんで長く伸びた頭髪からも、しずくが、ポトポトとたれていた。血だ！　そうか、やられたのか！　もうこうなったら、砲撃音から逃げても仕方がない……私は観念して、ふたたび先ほどのように目を閉じた。濡れた右の頬をリーフにくっつけて、ここまでやってきた経過を、ともすればボンヤリとする思考力をかきたてながら、思い出そうと努めていた。……ここは一体どこだろう……それに、いつのまに私はふたたび負傷したのだろうか？……

そうだ、左腹の盲貫銃創だ。俺はあのとき死を覚悟したのだ。そうだ、最後にいた洞窟から、なんとかして敵の司令部に近づこうと、夢中で這いだしたのだったが……。それにしても、残念だ。せっかくここまでやってきて、やられてしまうなんて……。まだ身体にこんな血があったとは、まったく不思議だ……。

目を閉じていると、全身の苦痛がいくぶん遠のいていくように感じられた。硬直しきった腕も足も、やっと安息を得たように静まってきた。ゴーッという背面の音に、くるみこまれるように腹部の疼痛も、少しずつ遠のいていった。私の身体は、流れ出た血潮に浸ったまま、不思議な感覚にたゆとうているようであった。

「まるで眠ってしまうようだ」幾日も眠りを忘れた体躯が、深い沼に沈んでゆくように、睡眠を要求しているようだ。洞外の豪雨の音が、背面の砲音となり、鉄の塊となって、または炎の舌となって、私を襲うまで、私は眠ることにしよう。


……………………


どのくらい時間がたっただろうか。私はふと、閉じている瞳の直前に、何かの気配を感じ、本能的にまぶたを明けようとした。ぼんやりした視野に、何か塊が二つ、間隔をへだてて並んでいるのが見える。なんだろう！　ジッと瞳をこらすと、それは軍靴だった。

「おかしい、いまごろ、ちゃんとした軍靴をはいた奴がいるなんて……」

私がはっきりと空間を見上げると、そこには一人の将校が立っていた。

将校の顔は一面髭《ひげ》におおわれていたが、涼しげな眼差しで、私を見つめ、白い歯をニッと見せて笑いかけた。そして、唇を閉ざすと、気高く崇高な面差しで、私の瞳をじっと見つめるのであった。

私は吸い込まれるように、その将校の瞳を見返していた。そして、暖く力強い眼力に圧倒されると、われにあらず挙手の礼を送ろうとして立ち上がろうとしていた。すると、さきほどまで一センチすら動こうとしなかった私の肉体に、超人的な力が加わり、私はその場に軽軽と立ち、両踵をカチッとあわせて不動の姿勢をとると、右手をあげ正式な敬礼を、その将校に対して送っていたのであった。

左手はもはや真っすぐに、股にそって伸びていた。私の胸はこころよい興奮と緊張で、大きな呼吸をくりかえしていた。

ハテ、これは夢だろうか……。先刻、身動きさえもできない重傷に苛《さいな》まれていたはずだったのに……？　私は一人でいぶかっていた。そうだ、これは夢にちがいない。どこにも負傷など、していないではないか……。それとも、戦闘がはじまる前だったのだろうか？

「石原隊の船坂分隊長であります」

私は名乗った。

すると将校は、またニコッと笑ってから、おもむろに私に背を向けると、悠然とした態度で、私のそばから歩み去ろうとした。

「アッ、どこへ行かれるのでありますか……」

そのまま捨て置かれようとしているのに気づいた私は、思わず大きな声を上げていた。そして自分の上げた自分の声に、思わず愕然として、そのとき、ほんとうに夢から醒《さ》めたのであった。私は、重傷を負っている船坂分隊長などではなかった。あれは過去の感覚に捕らわれている、例の私の悪夢であったのだ。

私の大声に、将校は、顔だけを私の方にふり向けた。その将校の表情を見た私は、ふたたびアッと声を上げるところであった。さきほど勇気と叡智と自信に満ちていた、あの将校の面持が、すっかり変わっていたからである。将校の向けた瞳は、ビックリするほど暗く、沈痛さにおおわれていて、唇は苦しげに結ばれていた。

呆然と見つめている私に対して、その苦しげな唇は、なにかを語ろうとして、二度、三度、ピクピクと動きかけた。私はハッとなった。

——何かを語りかけようとしていたのだろうか……？

しかし、私の期待に反して、一言の言葉もその唇からは出てこなかった。将校はそのまま、ふと瞳を伏せると、頭をかえして洞窟の奥に向かい、ゆっくりと歩み去っていった。……ついさっきまで、戦場の夢に苛《さいな》まれていた私は、やっと夢から醒めた想いのうちに、はやく、なんとかしなければ……としきりにあせっていた。そして、五里霧中のまま、足だけは自然に洞窟の奥の方へと歩き出していた。それまで、私の眼差しがとらえていた将校の防暑服の後ろ姿が、洞窟の奥の闇にかき消すように、とけ込んでゆくのが、私にはわかっていた。

いま思うにそのときの私は、夢の中でまた夢を見ていたのではないかと思う。その夢の中の夢で、「あぁ、私は夢を見ている」と悟っていたからだ。将校の姿が消えたときも、私は驚かなかった。私の夢に、くりかえしくりかえしあらわれる洞窟には、終わりというものがなかったからだ。一つの洞窟が終われば、また新しい洞窟のさけ目があらわれた。洞窟はあくことなく、この私を捕らえ、つねに封じこめていたのだ。死の臭いと幽気に満ちた洞窟は、さまざまな形態をもってあらわれては消えていった。

将校がどこかの洞窟にいるにちがいないことは、確信となって私の踏みしめる足にも力がこもってきた。急ぐことはないのだ。ゆっくりと歩む私の周囲に、死んだ兵士たちがいずこからともなく集まってきた。ひしめくように大勢の兵士たちだった。この島の近海で戦死した兵士たちの霊なのか。もしかしたら、飯田大隊逆上陸の兵士か、あるいは悲運の海軍士官近藤中佐とその部下たちか、死の道を辿った人々の霊が、いや影が、幽気の中からさまざまの形を形成しつつ、私を取り囲んでいた。

＊

私の掌が岩壁をなぜていた。この奥には洞窟があると私は思った。そのとき私の脳裏には、私がもっとも聞きたいと願っていた人物の名が浮かんだ。……高垣勘二少尉……そうだ。その人の真実の声をこそ、この私は聞きたがっていたのだ。さきほどの防暑服に身を包んだ、尊敬と悲しみにあふれた将校の風貌が、切なく懐かしく私に甦ってきた。そして、私が予期したようにあらわれた、あらたな洞窟へと、私は足をふみ入れた。

その洞窟の中央に、さきほどの将校が立っているのが見えた。いまはすっかり闇になれた私の目は、将校の恰幅《かっぷく》のよい体軀にまとっている防暑服が、なぜか胸から喉元にかけてボロボロになっているのをとらえていた。その上、両袖はチギれて、離れそうになっていた。衿章がとれているために、将校の階級はわからなかった。私は静かに将校のそばに歩み寄っていった。

将校は、予備士官学校で叩き込まれた習慣が、自然の動作となってあらわれる、活発な挙手の敬礼を私に送ってきた。そして、

「私は高垣勘二であります」と名乗った。

予期していた人であったが、私は激しい衝撃に答えができなかった。通常、軍人は敬礼につづいて官、姓名を名乗るよう訓練されていた。ところが、形骸は名乗っただけで、つづいて口を開こうとはしない。形骸の意図しているものは、すばやく私に察知できていた。

「あぁ、あなたが高垣さんですか。あなたに会いたかった……」

「母が、あなたに私のことで……」

そう言いながら、彼は頭を深くたれた。

私は何を問うべきか、すっかり戸惑っていた。彼の口から出た「母」の一言は、私の思考を混乱させ、この千載一遇のチャンスを、いまつかんでいることを、忘れさせてしまっていた。あの老婆の願いが、ここで叶えられるかも知れない。感動におののの

ペリリュー玉砕戦に殉じたありし日の高垣勘二少尉。写真は見習士官当時。

きながら期待する状態に私が立ち直るまで、かなりの時間を要したようだ。

「母のことを想うと、私は悲しくてなりません……」

高垣少尉はそう言って、ポロリと大粒の涙をこぼすと、堰《せき》を切ったように涙が頬を流れていった。彼はそれをぬぐおうともかくそうともしない。

「ご承知のように母は、いや母ばかりではありません。父も長い年月の間、私の戦死と階級について疑惑を抱き、悩みつづけてきました。最近では絶望のあまり、死を考えているようです。七十を越えながら長寿を喜ぼうとせず、ひたすら死を求めている姿を識《し》るにつけ、死して後も親不孝者よと、私は自分を責めています。一途に息子の死の原因を識ろうとして、やっと探しあてた関係者に口を閉ざされた悲しさは、やがて怒りとなり、怨念となっていったのです。とくに男であるがゆえに、なに一つ口外せず黙って腹の中におさめようと、長い戦後を苦しみつづけている父の心中を想うと……」

そう言って、少尉は激しく慟哭《どうこく》した。肩胛骨《けんこうこつ》が小刻みに震えて、痛ましく私の眼をとらえた。

「私の父は軍人で、大正時代、私同様、陸軍将校でした。それだけに私に対する期待は大きく、義務を全うすることを、厳然たる態度でのぞんでいました。公報でもたらされた私の戦死について、関係者が口を閉ざす有様を見ると、父は軍人であるだけに推理するところが多く、その憂いは母よりもいっそう深刻でした。自分の誇りであった息子の戦死にともなう疑惑は、父自身歩んできた人生をも否定してしまいました。だれ一人咎《とが》めず、黙って己れを責めつづけた父は、晩年になって両眼の視力を喪失しています。いかに人知れず悲しみ、心の中で泣いたか知れないのです。なんという悲しいことか……」

両親の悲嘆は、そのまま少尉の悲しみでもあったのだ。だから、ひくい声で右のように語りつづける少尉の声の調子には、血を吐くような思いのたけがこめられていた。

その少尉の姿を眼前にして、私はしばらくのあいだ呆然と絶句していた。私は夢幻の中にいる、これは夢なのだ、錯覚なのだ、と泥のような眠りの中で考えながら、その脳裡に、こんどは、高垣少尉のふるさとの姿が浮かんできたり、かすんでいったりしている。

「八方口」という集落の入り口には、小高い山というより台地といったほうがいいような小高い丘があり、そのふもとに広い庭があった。そして、その庭の中央には大きな池があり、その池の向こう側に古びた豪壮な構えの家があり、その家の門口に、腰のまがった一人の老婆が立っていた。それが高垣少尉の母であり、彼女は手にした手拭で眼頭をおさえていた。

――そうだ、この年老いた母のために！

私ははっとそのことに気づくと、意を決して少尉に質問の矢を発した。

「高垣さん、あなたがたのガラゴン斬り込みは上聞にも達し、日本じゅうに報道されました。それ

息子の〝死〟の疑惑に苦しんできた高垣少尉の父、与一さん。

なのに、いまに至るも大きな謎が残されています、なぜなのですか？」

少尉は、それには直接に答えようともせず、うなだれて言った。

「あの戦闘で、私はかわいい部下を三人も死なせてしまいました。あの戦果は、部下たちが一丸となってはたらいたたまものです」

私はかさねてたずねた。

「高垣さん、あなたは一回目につづいて、翌年の三月十日にも、ガラゴン島への斬り込みを決行されたそうですが、その模様を、ぜひ私に話して下さい」

私はかねてから疑問視していた部分を、まぼろしの高垣少尉にぶつけてみた。私の調査したところによると、つぎのような電文が残っていたのである。

『普通電　照集団あて（三月十七日九時十三分発、〇時受領）照集団高垣少尉ノ指揮スル遊泳攻撃隊右ハ昭和二十年三月十二日〇三・〇〇周密ナル計画ノ下厳重ナル敵ノ警戒網ヲ潜リ決死果敢加ウルニ（以下中略）水中体当リヲ決行ヨク敵CH一隻ヲ爆沈一隻ヲ大破他ノ三隻ヲ中破人員多数殺傷ノ大戦果ヲ収メモッテ敵ノ心胆ヲ奪イ大イニ全軍ノ志気ヲ振作セルハ武功抜群ナリ　ヨッテココニ賞詞ヲ授与ス。南西方面部隊指揮官大川内伝七』

私は、さらにたずねた。

「いいですか、高垣さん。この第二回目の斬り込みについては、残念ながらなにも報道されなかったのです。あなたの斬り込みと前後して、坂本大尉、小久保大尉、仁平少尉のガラゴン斬り込みが、頻繁に敢行されたという資料は、豊富に正確に残されているのですが、高垣さん、あなたのことはこの時点でプッツリと跡絶えてしまっているのです。資料を調べているうちに、疑問を生じた私はさらに詳しく、パラオ集団将校の留守宅名簿を調査しました。するとあなたの欄は（独混五三より転入）とだけあって、他の将校のようにどこにて何月何日戦死とか、進級といったような消息がわからないのです。なぜあなたに限って書き込みがないのでしょう。私が思うにあなたの戦果から見て、とうぜん進級とか戦死とかと書かれていてよいはずです。

あの当時、優勢を誇っていた米軍は、すでにアンガウル、ペリリューを攻略して、補給路を遮断していたのでパラオ本島、ならびにコロール島への北進は容易だったはずです。ところが、その北進も、あなたのガラゴン斬り込みによって阻止されることとなったわけです。ガラゴン島への斬り込みによって、米軍はパラオ北進を断念したことは、私ならずとも、あの頭脳明晰な多田参謀長なら判断したはずです。とすれば、あなたの功績は、単に五十九連隊のみではなく、師団司令部において、とうぜん重要視されるだけの価値があったことは明らかです。つまり、あなたの働きは、われわれ照集団としては、他に誇り得る立派なものだったのです。……」

そこまで私がいったとき、突然、少尉が前のめりになって、私の方へ向かってくるように見えた。その両手がなにかをじっと耐えているかのように握りしめられ、眼窩はヒタとこの私を見すえた。

「船坂さん！　あなたでしたら……あなたならおわかりでしょう。あの米軍の戦法と、ものすごい物量を……あなたはアンガウル島でイヤというほど体験されましたね。そうです、あのとき……私たちの斬り込みが終わったあと、米軍の猛爆と猛射は、ガラゴンの島型を変えてしまいました。島のジャングルを全部吹き飛ばし、もはや日本兵がいないことを確かめると、今度は大変な人数で上陸してきました。そして、島の防備をかため、島の中央に小型航空機の滑走路をつくりだしました。私の小隊の斬り込みが、よほど恐ろしかったらしく、島の周囲に厳重に有刺鉄線を張りめぐらせ、蟻一匹侵入できぬようにし、海上は海上で昼夜の別なく敵船艇が、海岸線を見張っていました。日本兵の斬り込みを極度に恐れ、警戒はじつに厳重を極めておりました。……」

あのとき、たった一人の兵士に対してそそがれた弾の量は筆舌につくしがたいほど莫大で、そのことを現実に体験したことのある私は、少尉の話にただうなずいていた。

かつて私が、米軍側の公刊戦史を調査したさい、「ガラゴン島作戦」の項に、つぎのような記録があった。

『昭和十九年十一月五日、米軍ペリリュー島攻略総司令部は、小型船隊の砲艦に所属する第百十一歩兵支隊をして、デンギス水道の入口の東南に当たるガラゴン島を占領せしめた。同月七日には、ガラカヨ島を占領、マカラカル、三ッ子島以南に点在する離島の哨戒をはじめ、日本軍逆上陸後続部隊の動静を偵察。ここにおいて日本軍南下の阻止を企てた。この任務に当たったのは、アンガウル島攻略戦を完了して、ペリリュー島攻略戦に増援された、山猫八十一師団の三百二十一歩兵大隊である。

同月九日夜、強力な日本軍がガラゴン島に上陸した。前哨線の報告によると、ガラゴン島を占領していたわが部隊は、日本軍斬込隊五人を殺傷し、ガラゴン島を撤退した。翌十日、十一日の両日、八人の日本軍が島の中央に上陸してきた』

八人とは、高垣少尉以下八名の決死斬込隊の一団のことである。

たしかに高垣少尉の話は、あの公刊戦史を裏づけている、と私は思った。そして、師団が大本営に報告したという斬込隊に関する電文をしらべている最中に、かつて私自身が感じた疑問を、つまり、斬込隊の真偽について何か割り切れない予感を抱いたことを、私はふたたび思い出していたのだ。あれは、斬り込みではなく、妨害戦ではなかったのか。しかし、その疑問を、いま少尉にぶつけてみる勇気はなかった。なにか不吉なものが私を襲っていた。どうしたというのだろうか。

「じつは……」と、高垣少尉はいった。「私は……私の小隊の斬り込みには、一回だけしか参加していません……」

と、唐突に、まったく唐突に、高垣少尉はしぼり出すような声でそう言った。

「えッ……？」このひとは、なにを言っているのか？

「な、なんですって？」

私のおどろきの表情にひとみをそそぎながら、高垣少尉はさらにつづけた。

「じつは……内地の新聞に発表された十一月の斬り込み……あれだけでした、私が参加しましたのは……」

苦しげな、咽喉《のど》からしぼり出すような、少尉の声であった。私はビックリした。これはまったく意表をつく、不思議な告白だ。しかし、その意味がよくわからない。

「後のほうのガラゴン斬り込みには、参加したくとも参加できない事情が、私のほうにあったのです」

少尉の言葉に、私は大きくかたずを呑みこんだ。「なぜですか？」と聞くこともできずに、である。すると……少尉は……？

「私は斬り込みの行なわれた二十年三月には、すでに死んでいたのです」

電撃を喰らったように、私は大きなショックを受け、棒立ちとなった。まったく信じられないことだった。

「両親が私の死因について、案ずるようになったのは、元をただせば、すでに死んでしまっている私が、ガラゴンの斬り込みで戦死したことにされたからなのです。悲劇はそこから起こりました……」

……そうだったのか……それで謎は解ける……しかし、関東軍ともあろうものが、公式の発表に、このような瞞着《まんちゃく》をおこなっていたとは……信じられない話であった。いや、信じたくなかった。

「高垣さん、そのお話はほんとうなのですか？　あなたが斬り込み以前に、戦死されたということは……」

ほんとうなのですか？　と、くりかえして念をおさずにはいられなかった。

「ええ、ほんとうなのです。じつは二回目に当たる小隊のガラゴン斬り込みは、私が死んだ翌日に行なわれたのです。私はこう思うのです。一日ちがいで戦死した私を気の毒に思い、その翌日に行なわれた戦闘に参加したように、師団の参謀が特別にはからってくれたのでしょう。その気持はありがたいのですが、心遣《づか》いが後になって裏目に出ました。両親や家族の悲しみを見るにつけ、私はやりきれない心を、長い年月、抱いてきました。死んでも死にきれぬというのは、このような気持を言うのではないかと思います。どうしたらよいでしょう。一日も早く真相を発表していただかないことには、安心して成仏《じょうぶつ》できないのです……」

少尉は絶望の中で、彷徨する苦しみに耐えられず、激しく嗚咽《おえつ》した。

「なんということだ。死んだ者への思いやりかどうかは知らないが……部隊の面子《メンツ》からやったのではないか。後に残された者たちが苦しむようなことを……困るようなことを、なぜやったのだ……」

憤りと同情の声が、雲のように、私の心の中にわき起こった。

その声を聞きながら、こんなことがあってもいいのだろうか……いや、あってはならないのだ……と私自身もいきどおろしさをおぼえながら、思わず、手を握りしめていた。

＊

「舩坂さん、あなたが驚かれるのも無理はありません」

高垣少尉は改まってこう言った。

「私が申し上げていることは、すべて事実なのです。あなたが、『玉砕』の出版記念日に、照集団生還者に呼びかけて、師団の大同団結をおこなったのは、師団の歴史と伝統を全幅信頼されていたからだと思います。それは少しでもあなたという人の、人格に触れる機会のあった人なら理解できることです。そのようなあなたを失望させ、また落胆させるような話をしなければならない、私の苦衷をお察し下さい。しかし、あえて私が真実を申し上げようとするのは、私一個人の問題だけではなく、私のかわいい部下たちの願いもふくまれているからなのです。あなただけは真実を知っていただき、かつ理解していただきたいと願うのです……。

私の『死』の裏面には、さまざまの成り行きがかくされています。真相を知っているのは師団長と、師団参謀長、作戦参謀だけです。これは『軍事機密』に属します。戦後、長期にわたって調査しつづけた両親さえ解明できなかったのは無理もなかったのです」

少尉は、真剣なまなざしを私のほうへまっすぐに向けて話しはじめた。洞窟の内部はますます暗く、入口のほうが、かすかに薄明るく見える程度である。しかし、ふしぎなことに、少尉の姿が、私にはなぜかはっきりと見えるのだ。

少尉の下あごが、そのとき、けいれんするように動いた。そして、かれの重い口から言葉がしぼりだされてきた。

「じつは……あなたが書かれました『玉砕』にありますように、……」と、高垣少尉は語りはじめた。その要点はおおよそつぎのようであった。

昭和二十年三月十日、ガラゴン斬り込みが本格的に決行され、高垣少尉の指揮する「水中遊撃隊」の奮戦と武勲が大本営をへて上聞に達したのであるが、この斬り込みには、じつは……高垣少尉は参加できなかったというのだ。理由は、その前日の九日には当の高垣少尉自身が死んでいたからだというのだ。

高垣少尉は、ふるえをおびた声で、とつとつと私に語りかけてくる。

「私が九日に死んだことは、照集団の中でもごく限られた者しか知っておりません。それも幹部のみで、私の死は、死に至った特殊な事情から、すべて極秘情報として秘匿されました。死因もふくめて私の死んだ場所が、パラオ本島より四十五キロ離れたマカラカル島という、海上に孤立した無人島であったこともあり、ここにおける海上遊撃隊の拠点に起きた事件だったことが、一般から秘匿しやすい条件となっていたようです。もちろん、その秘匿行為のために師団は全将校を集合し、対策を検討したことは言うまでもないことです。だから私は、十九年十一月のガラゴン斬り込み以外には、関係していないのです……」

私は、すくなからずショックをうけていた。私が書いた『玉砕』にウソの記述があったとは！

「高垣さん、それならば……あの電報は……？」

現に私の手許にある確かに多田参謀長が発信した大本営あての電文……あの勇敢にして壮烈な電文の一字一句が、私の脳裏によみがえっていた。

「あれは……あれはいったい……？」

といったまま私は絶句していた。そのあとの言葉が咽喉《のど》につかえて出てこないのだ。

「あれは偽りの電文だったのですか？」それともまちがいの？　と聞きただそうとしたのだが、なぜかそれが言えないのだ。そんなことをいったら少尉に対して失礼にあたるのでは……などという生やさしい理由ではない。かつて私も皇軍の一員として所属した「軍」に対する信頼、とくに厳正、確実を誇ったあの「関東軍」の精鋭師団に対する「信」を、根底からくつがえしかねない恐ろしさをもって、私を困惑の渦の中に叩き込んでいた。つまり十四師団、当時の呼称で「照集団」と呼ばれた関東軍随一の強剛部隊、大本営の虎の子師団の勇名を汚す事実であり、ひるがえって言えば照集団の生還者の多数に、支障をおよぼす恐れもあった。私も集団の一員としてこれまで持ちつづけたプライドを傷つけられ、また隠匿された事件を知らなかったという、いい知れぬ呵責《かしゃく》を同時に感じていた。しかし、電文の主人公がいまはっきりと、「私は死んでいた」と率直に告白しているのである。

私が書いた戦記の内容について、一抹の不安のあった「ガラゴン島斬り込み」（もちろん私は信じ切って書いた）は、やはりまちがっていたのか……。私の胸の中は驚きを沈めるまもなく、なんとも言えぬ恥ずかしさと苦しさでいっぱいになった。

「戦争が本来、たがいに大量の殺戮《さつりく》を目的とするものであるとはいえ、その成果を誇張顕示するために、味方まで欺瞞しなければならないのでしょうか。勝つための手段として当時の国民を手玉にとり、また戦闘員を鼓舞し、将兵の精神を昂揚させるためとはいえ、集団の点数をあげ大本営にたいするデモンストレーションとして捏造《ねつぞう》されたと思われる電文が、そもそもの原因となって、当人である私と家族の者たちを苦しめるのです。たった一枚の紙片に表わされた、わずかの文字が……」

「この電文を創作した人たちは、敗戦を境にして、〝もう戦争は思い出すのもイヤだ〟と言っているそうです。積極的に戦死した部下の骨を拾うことも、慰霊することも、考えてはいるが実現化しない無責任さです。このような人たちがいるからこそ、『軍閥』とか『職業軍人』とか言われて、いみきらわれるのでしょう。しかし、彼らとて、事実を隠蔽《いんぺい》した罪に、現在、苦しんでいることはまちがいありますまい……」

喰いしばる少尉の口元は、さきほど見せた悲しみの涙以上に、私を憂鬱にさせた。もはや真実を知ることを怖れてはならない。私は力をこめて質問した。

高垣勘二少尉とその母ヨシノさん。出征前に、自宅の庭で写した記念写真。

「高垣さん、あなたが亡くなられたほんとうの原因を、お聞かせ下さいませんか」

高垣少尉は私の高ぶる気持を、なだめるような静かな声で話しだした。

「お話申し上げましょう。私の死んだ真相というのは……。いや、これはその時のことだけをお話しても、ご理解いただくことは難かしい。それに至るまでの事情を、初めから申し上げることにしましょう……。

舩坂さん、あなたは私について調査された、という点、私自身についてはすでにかなりご承知のこととは思いますが……その調査をされていた頃、『伜のことは一時も早く忘れたいので、手許に残っている伜の写真をお送りします』と、母がお送りした、すでに黄色く変色した写真の中に、『宇都宮商業を首席で卒業した時の写真』と裏書きされたのがあったことと思いますが憶《おぼ》えていられますか。また私が宇商を卒業後、満州電力に入ったときの写真がありましたね。あれは私が十八歳の春でした。その後、入隊直前に内地にもどり、現役兵として宇都宮に入隊、その後、ふたたび満州に渡って、そこの連隊で教育を受けました。パラオに来たのは昭和十九年四月です。船坂さん、あなたが動員令を受けられたときと同じに私も動員を受けたのです。そのとき私は、内地の学校に特別教育を受けるために帰っていたのですが、動員命令を受けるとすぐに千葉の学校から旅順にもどり、師団と合流して大連から乗船しました。あなたと同じ船団で、はるばる南下ののちパラオ島に上陸しました。パラオに来てからも、あなたと同じ連隊に配属されました。しかし、のちに独立三百四十六大隊に転属しました。部隊は陸士出の予備役である引野少佐が指揮する、兵庫県出身の将兵が主体となった旧第五十七兵站《へいたん》警備隊でした。

六月三十日、独立混成五十三旅団隷下にあったわれわれ在コロール独立三百四十六大隊は、引野部隊としてペリリュー島予備隊となり、ペリリュー島北部の『中の台』から『南征台』、そしてさらに『水府山』の南東から『天山』『中山』陣地などを、つぎつぎに構築ののち、水戸二連隊の第一大隊と交替し、新たにペリリュー島北部地区守備隊として編成されました。

そのときの私の職務は、選ばれて引野大隊本部付の副官でした。もともと勝気であった私は、幹部候補生あがりの若輩将校でしたので、大隊副官としては予備役の引野大隊長と、何かと意見のあわぬことも多く、ときとしては大隊長から敬遠されがちでした。

ご承知のように当時の師団のペリリュー島防御作戦計画は、各守備ごとに離島へそれぞれ各隊一個小隊を派遣し、ペリリュー島北辺を守備するよう計画されていたのであります。

結局、私は引野大隊第二中隊前田隊の第一小隊長となり、その後、大隊長の命令で、ペリリュー島北方のガラゴン島、すなわち私たち小隊の運命を変えた島に派遣されたのでした。小隊の隊員は、全員が本隊と離れることを残念に思いました。なぜ私の小隊が、ガラゴン島に派遣されたか、その理由は私の口からは申し上げられません。

舩坂さん、あなたが『サクラ　サクラ』（ペリリュー島洞窟戦）に、詳しく書かれましたように、十九年九月十五日、強力な米海兵隊による想像を絶したペリリュー島攻略戦がはじまりました。その日、ガラゴン島を守備していた小

昭和19年９月15日、圧倒的物量を誇る米軍のペリリュー島攻略戦が開始された。写真はペ島へ押し寄せる海兵隊舟艇群。

隊は、引野大隊本部より、『高垣小隊はすみやかにガラゴン島より、ペリリュー北地区隊に復帰合流し、米軍を撃退すべし』という命令が入電するのを、いまや遅しと待ちこがれていました。しかし、戦況はあまりにも急激に激化していったため、本隊は応戦に苦慮しつづけているらしく、なんの連絡もありません。

ペリリュー島を取り囲んでいる厖大な数の米軍戦艦や艦船を遠望監視しながら、私たち小隊は、なんとかガラゴン島を引き揚げる手はないものかと、焦燥の時を重ねていました。

戦況はますます悪化し、ペリリュー島を包囲する何百という米艦隊は、海上にさながら鉄の壁を築き、われわれの逆上陸はおろか、蟻一匹もぐり込めそうもなく見え、たとえ本隊に合流せよとの命令が来たとしても、実行は不可能な状態となって行きました。

緒戦の日の夜、米軍が天空に発射する照明弾が夜を昼にかえ、ペリリューを囲繞《いにょう》する艦船は、黒岩のような鉄の城をつくり、夜なお隙《すき》を見出すことができません。私だけではなく、部下たちも必死で、即刻決死の本隊合流を計画討議しましたが、ついに……」

少尉は高ぶりきたる自身の感情をおさえかねているらしく、ときおりひとみを閉じ、しばし瞑想するふうであり、私はついつい引きこまれて、まぶたに熱いものを感じていた。そして、ふと気がついてみると、たったいまのいままでそこに立っていたはずの少尉の姿が見えない。音もなく一陣の龍巻か嵐かが吹きこんできて、瞬時にかれらをいずこへか、さらい掠《かす》めてしまったかのように……いや、いや、それとも闇の中に呑み込まれてしまったかのように……私の眼前には、暗い闇が限りなく黒々とひろがっている。あるものはただ闇、闇、闇……。

「高垣少尉殿……高垣さぁん……」

私は大声を上げた。しかし、声は、むなしく闇へと吸い込まれて行くだけだった。

つい先刻までのそれは、ではまったくの虚構の世界であったというのか。洞窟の中にあらわれた高垣少尉と私の間には、共通の体験をした者のみが知る、信頼と共感の一種独特な世界が、確かに現存していた。ところが、その世界が、ほんのまたたき一つの時間に消え失せてしまったとは……。なんということだ、洞窟の中にただひとり、置き去りにされた実感が、しだいにおしよせてくるにしたがい、最初は、疑い否定しながらも、いつしか亡霊の世界に沈潜しきっていたおのれ自身がなにかむなしく、嫌悪感さえともなって、想い出されてくる。そしてまた同時に、……もっともっと、話を聞きたかった……なぜすべてを聞かせてくれなかったのだろう……こうして私は、虚脱状態となっていった。

ふいに私の背中をこづく者がいた。最初は弱々しかったが、しだいに強く荒々しくなり、やがてこづきから叩くことに変わっていった。しかし、身心ともに一つの考えにとらわれていた私にとって、それは夢心地に受けとれていた。……高垣少尉の亡霊が、ふたたび帰ってきたのか？……。

私の反応がないと知ったその主は、こんどは私の耳に口を寄せた。生暖かい息吹きが、頬に感じられると、モソモソとなにかをささやいた。しかし、その声にはまとまりがなく、なにを言っているのかわからなかったが、人間臭い息吹きが、なにかしらころよいリズムとなって私を誘った。重く暗かった全身の感覚が、そのリズムに同調して、ゆるやかに解けはじめていた。

しかし、それもほんの一時だった。死んだようになっていた感覚に、激しい地鳴りのような音がひびき渡った。ビシッ、ビシッと私の頬が鳴っている。痛さとともに、感覚が決定的によみがえった。

「ハロー・ユー　ハロー・ユー……」

いきなり私の耳に、なまりの強いブロークン・イングリッシュが聞こえた。

石のように重い瞼をこじあけるようにして開くと、私は数回まばたきをした。すると、私の頬をやっきになって叩きながら、さかんに私に呼びかけているラッキーさんの汗ばんだ黒い顔が、視野いっぱいにひろがった。

「ゲッタアップ　ゲタアップ　プリーズ・ミスター・フナサカ……」

これは、後からラッキーさんに聞いた話だが、私は前のめりに背を丸くし、死んだようになって眠っていたという。私のからだは冷気に打たれ、幽気をはらんでいた。

「気を失っているのか、眠っているのか、まるで死んだように見えて驚いた。きっと悪魔のエイのせいだ……」

ラッキーさんは、恐ろし気に話すのだった。

そうだ、ラッキーさんの言う通り、悪魔のエイのせいかも知れなかった。しかし、この横穴に入り込むなり、昏倒したように眠ってしまった私は、いくばくかのときを、絶えず夢の中に訪れた、少尉の亡霊とともに過ごしたのであった。それは夢と呼ぶには、あまりに生生ましい出会いであった。まだ私の耳の奥には、語りかけてきた高垣少尉の声の余韻が、はっきりと残っていた。

戦後、米国の統治下に入ったパラオ諸島の島民たちは、すっかりアメリカナイズされていて、島民語の発音に似た奇妙なブロークン・イングリッシュを使う。ラッキーさんの使う一種独特の言葉が、私をようやく夢の世界から脱《ぬ》け出させ、現実の世界へと引き戻してくれたのであった。

「なにか恐ろしいものに、とり憑《つ》かれていましたね。よく眠ってました……」

そう言いながらラッキーさんは、私の五体無事を見とどけたようだった。私の虚脱状態を見た彼にとっては、私の神経が異常を来たしていないか、と危ぶんでいたようだ。

ラッキーさんも、横穴に逃げこんでから、やはり睡魔にとりつかれて、しばらくはウトウトと眠り込んだそうだ。しかし、彼が目をさまして驚いたことは、死んだように動かない私が、さかんに寝言をくりかえしていたことだという。なにか異常を感じた彼は、私のからだをゆさぶったが、私はなんの反応も示さなかった。そこで彼は思い切って、叩き起こしたと言った。

太い丸太棒のようなその腕で、ラッキーさんは私を亡霊の世界から、引き出してくれたことは事実なのである。

横穴の入口からは、すでにまぶしい陽の光が差し込んでいた。私は立ち上がると、あたりを見回し、先刻、洋上で遭《あ》った豪雨のすさまじさを思い出していた。

ラッキーさんは私の前に立ち、もの慣れた足どりでスタスタと歩き出した。

「ここは、ガラゴン島か？」

「オブコース・ヒャアイズ　ガラゴンアイランド」

もちろんですよ、さっきも言ったではありませんか、とラッキーさんはけげんそうであった。

やはり、そうか……そう言えば、私はさきほど眠り込んでしまうまえ、ここはなんという島かと、ラッキーさんにたずねていた。しかし、その答は、ラッキーさんからではなく、高垣少尉によってもたらされていたのだ。ここがガラゴン島であったとは……いくどか、ぜひ一度、上陸してみたいとねがっていたガラゴン島に、いま私はいたのである。

スコールに洗われたこのガラゴン島の緑は、きらきらと新鮮にかがやいていて、ふしぎな驚きと感慨とを、私の心にもたらしていた。それは、いまのこの私の心そのままであった。この島こそ、高垣少尉の勇名と武勇を、世にとどろかせたガラゴン島であった。そして、少尉が決死の斬り込みを決行するまでのいきさつを、私はさきほどの少尉の亡霊から、その一部を聞かされたばかりであった。

ボートはふたたびペリリュー島をめざし、軽快に波上にしぶきをかきたてていた。

さきほどの夢を、くりかえし考えている私を見て、ミスター・フナサカは、すっかり黙りこくってしまった、やはり悪夢のエイのせいだと、ラッキーさんはブツブツ言っていた。小さなガラゴン島は、まもなくエメラルドの波上に、しだいに小さく遠ざかって、やがて見えなくなってしまった。

＊

ペリリュー島に向かう洋上でスコールに襲われ、避難したガラゴン島の横穴で、ふしぎな夢を見た日から、はや四年という歳月が流れ去っていた。英霊の淋しい心を知った私の渡島は、すでに九回を数えていた。こつこつと収骨慰霊はかさねられ、その運動はすっかり定着するにいたった。その後、ガラゴン島にも渡島する機会を得た。そのつど私は、団員たちからそっと離れて、あの懐かしい横穴を訪れる。すると、あの日の高垣少尉の悲痛な話が、まざまざとよみがえってくるのである。あの日、高垣少尉は夢の中で、親しく私に語りかけた。しかし、話がガラゴン斬り込みにいたる前に、ふいに私の前から立ち去ってしまったのだ。故意か偶然か、とうとう自分の最後について語ることなく消えていった少尉の心中を、私は私なりに察して、よし今度こそ、徹底的な調査をと決心するのだったが、帰国のつど重ねてきた私の探索は、すべて徒労に終わっていた。

顧りみれば老婆の手紙を封切って以来七年になる。さらに私が夢の中で高垣少尉と会ってからでも、もう四年になる。だが、その間、私はなにをし得たか。わが非力をかこつ反面、ことの真相の明らかになる日が、じつは刻々と近づいていたのだ。しかし、神ならぬ身の、私はそのときまだなにも知るよしもなかった。

遠来の四人の勇士

昭和四十七年二月二十三日、この日は、私にとって忘れられない日となった。それは、私の店の私の個室に、この日、屈強な面だましいを持つ四人の男がきて、高垣少尉について詳細を話してくれたからである。

その日、四人は、私の部屋に入ってくると、

「あなたが船坂社長ですか?」

と、兵庫なまりの関西弁でたずねた。

私はすぐに立ち上がった。かれらが、この日、私を訪ねてくることは、かれら自身から告げられて私は知っており、この遠来の客たちを待ちわびていたところだったのだ。

型通りの挨拶がおわると、かれらは一人ずつ自己紹介をはじめた。最右翼の一人が、まず、

「私は福岡県から参りました……半井《なからい》信一と申します……」

と告げた。かれは身の丈五尺七寸(約百七十二センチ)はあるであろう筋骨のたくましい、

まるで古武士をそこに見るような男で、かつての日、軍隊においては、さぞかし模範兵であり、かつ猛者《もさ》であったとおもわれるような風貌姿勢をしていた。

また、かれの口調は、まさに旧陸軍の、いわゆる「申告式」のものであり、さらに、伸ばした両腕を見下ろしていくと、なんとかれの手の中指が、キチッとズボンの中央線上にそえられている。

この不動の姿勢というのは、初年兵の時代に、いやというほど叩き込まれた姿勢で、両かかとを一線にそろえ、両足を正しく六十度にひらいて立つことを指すのだが、この姿勢を、この日、半井さんは私の前で演じていたのである。

かれは、やや間《ま》をおいて、改まった口調でいった。

「私は、高垣小隊長殿に、とくにかわいがられたものです。いつも小隊長とは一緒でした。ガラゴン島に斬り込んだときも、小隊長のそばをはなれませんでした……」

私は思わず、カタズを飲みこんだ。かれこそ、高垣少尉の経歴を知りたいと願う〝私本来の望みを叶えてくれる人物〟ではないかと希望を抱かせてくれる人であったからだ。かれはかつて兵長であったと言った。

半井さんの隣に立つ人物は、半井さんとほぼ同じような背丈だが、もっと恰幅《かっぷく》がよく、戦時中の将官を思わせるような、堂々たる風格をもっていた。彼は早口の大阪弁で言った。

「私は斬込隊の第二班に編成され、ガラゴン島に行きました。井上三郎と申します。当時は上等兵でした」

半井信一氏。高垣小隊兵長。小隊長伝令として斬込隊に参加。

ついで彼は不思議な所感をのべた。

「ガラゴン島では、軽機関銃がじつによく働きました。全然故障がなくて、面白いように弾が出ました！」

かれにとって、そのことがもっとも印象的な記憶だったに違いない。自分の生命を支えた、軽機関銃に対する感謝の念を、私に告げていた。彼はその言葉で示したように、現在、大阪に在住しているると言った。


三人目の人物は、温厚なタイプではあるが、どことなく極限のなかをくぐり抜けてきた沈重さを、その言葉の中にふくませながら、

「私は当時、高垣小隊の先任下士官でした。斬り込みのときは第三班でした……。兵庫県の藤川義夫です……」

と言った。

最後の人物は、もうすでに私と手紙と電話で、意志の疎通が行なわれた人である、と私には理解できたので、

「林さんですね！　たびたび、ご迷惑なお願いばかり申し上げまして……」

と、私はかれに向かって頭をさげた。

パラオ戦線で負傷し、まったく視力を喪失した林さんであったが、戦後の治療にわずかながら視力を取りもどしたという、分厚いレンズの眼鏡の奥から、細い眼を輝かせて微笑すると、

「私は高垣小隊の林伍長です。ガラゴン島に斬り込まれた高垣小隊長殿や、ここにおります方々を見送って、マカラカル島に残留していました……」

こうして一通りの挨拶が終えてから、かつての四人の勇士たちは、いっせいに椅子を引いた。

まったく初対面の人々であったが、〝金《カネ》の茶碗に盛り切り飯〟を喰い、兵隊として鍛えられ、同じパラオ戦域で戦った同士である、という自覚が働き出すと、緊密な空気がわれわれの間に醸《かも》し出されていた。それはけっして甘い郷愁ではなく、男の集団として鍛錬され、国家のために一命を捧げようとした、あの貴重な青春時代における、強烈だった団結の中に、いつしか引きもどされて行くのである。

井上三郎氏。高垣小隊上等兵。
斬込隊第二班として参加する。

「『英霊の絶糾』を読ませて頂きました……。それ以来、ぜひお逢いしたいと願っていました」

「三島先生と社長との交友を知って驚きました。関の孫六を三島先生に送ったのは、社長だったそ

うですね……」

　半井さん、林さんの口からそれぞれ、話は現在の話が語られたが、その語らいのなかにも、死線を越えた体験を持つ同士たちだけが、なんとなく感じるもの――戦闘中、強固に抱きつづけた〝殺気〟の余韻が、わずかに微動するようなものを、互いに感じあうのである。

　さまざまな追憶が呼び起こす硝煙の匂いが懐かしさの中にとけこみ、語らいのうちに緊張を増す。

藤川義夫氏。高垣小隊伍長。斬込隊の第三班として参加する。

共に多くの戦友を失った惜別が、誡《いまし》めと反省を呼び、胸を張るようにして着席した四人の勇士の心の中を、私と同じ因果の数珠《ずず》につらなっていることを感得していた。この人たちが心の深奥に押し込んだ、私の知りたいと願う当時の真相を、果たして打ち明けてくれるだろうか。それは予想以上に困難な業《わざ》に違いない。私は不安になった。

「ご遠路、ご多用のところ、よくお出かけ下さいました……。ガラゴン島での大戦果、みごとでしたね……。ご苦労さまでした……」

　私は心からかれらをねぎらった。

「いや、あなたこそ大変でした。玉砕の中をよく生還されました。われわれ以上のご苦労でしたよ……」

昨年の春のことであった。私はパラオ諸島に渡島のたびに世話になる島民たちを、かねてから日本に招待したいと思っていたことを、実行に移すべく、その費用の捻出の一端として、六冊目の戦記『殉国の炎』を書いた。その書物の印税による収入を、現地における島民たちが常時奉仕してくれている慰霊碑や墓地の清掃に対する感謝の気持と、収骨のさいに数知れぬ協力を無償で与えてくれたことに対するお礼の意もこめて招待の費用にあてようとした。いつも私に協力してくれる感心な島民への感謝と、これからも協力をつづけてくれるよう、依頼するためでもあった。

印税を入手した私は、どうせ迎えのために渡島するならばと、「第八次船坂慰霊団」を組織するため、各方面へと案内状を送った。この案内状を、高垣少尉の母ヨシノさんに送ったことはいうまでもない。これに対してヨシノさんからは、〃寄る年で身体も思うようにならず、行きたいのは山々ですが……残念です……〃という返信の末文に、〃兵庫県出身の林さんという方からお手紙をいただきました。倅勘二の部下だった方だそうです。もし何かお尋ねになりたいことがありましたら……〃と、林さんの住所氏名が添えられてあった。

林勇氏。高垣小隊伍長。小隊長代理としてマカラカルに残留。

飛び立つ思いで私は、さっそく林さん宛に書状

をしたためた。それでも足らず電話番号を探し当てると、

「どうしてもガラゴン斬り込みと、高垣小隊長のことについてお話を……」と、懇願したのである。正しい戦記を後に残すための取材をしたい、という方便《ほうべん》を私は用いた。もちろん、電話での即答は無理である。後日、お便りを拝見の上お返事を――ということになった。

返信には、〝あなたのご要望に添って、すぐにでもお会いしたいのですが、高垣小隊長殿のことに関しては、私一存では申し上げにくいこともありますので、じつは私の近所に、高垣小隊長戦死後、小隊を指揮した藤川という人がいます。かれと相談の上で……〟とあった
その文面は、すでに連帯性のある不安が隠されていることを、早くも教えていた。返信はなかなか届かなかった。私はさまざまな想像をめぐらしていた。果たして来てくれるものなのか。もし来ないようだったら、こちらから出向いて行く必要も感じた。しかし、来ようとしない人々を訪ねても、聞き出そうとする目的に効果があるだろうか……。

そうこうしているうちに、やっと返信が届いた。〝藤川さんと相談の結果、上京し、お話することにしました。追って日取りを……〟と、私を喜ばせる内容であった。私は彼らのためにと、東京駅から渋谷までの詳しい地図を書くのに、半日を費やした。遠来の客に対する、せめてもの礼儀であると思ったからだ。

〝二十三日の新幹線で大阪を立ちます。お宅に一泊をお願いしたい……〟

と連絡を受けた私は、その日を指折りかぞえて待っていた。そして、今日こそ待ちに待った、その日だったのだ。

「あなたの著書は、七冊とも全部読みました。あなたがどんな人なのか、ぜひ一度、お会いしたいと思っていました」

と林さんが言った。初対面ではあったが、私には林さんが懐かしいように思えた。そして、私が書いた戦記の数々が、そこに代弁されている英霊たちのさまざまな声が、こうしてわれわれを引き合わせてくれていることを、嬉しく思っていた。

いま、この私の眼の前に居並ぶメンバーが、あの高垣小隊長を支えて、ガラゴン島の米軍を、みごとに撤退させてしまったのか。九勇士の中核として、いや、主力となった快男児であることを想うと、私は時ならぬ勇者の出現に、尊敬の想いに身を引きしめつつ、高垣少尉の勇猛果敢な行動を、彼らの風貌の中に偲《しの》ぶのであった。この人たちが部下であったとしたら、少尉も実力を充分に発揮できたにちがいない。彼ら一人一人の胸中にひそむ、高垣少尉の面影は、いったいどのような姿をとっているのか――。

あたりさわりのない雑談は、互いの中にかわされたが、私の期待する話題へとは、容易に発展しそうもなかった。

無理のないことだった。いったい何を取材されるのか……？　と、用心しつつ私と対決しようとする緊張が、最初、四人の表情にうかがわれた。だが、私は、順序よく私の心の中を割るように、話を伝えることによって、かならず彼らは理解してくれるだろう。人の真心は、かならずだれにでも届くという自信を持ち、それを信じていた。

「私は、参謀に電話をかけて……じつは……高垣少尉の二階級特進についてお話した……」

この私の一言が、これまでの両者の壁を、いっきょに打ちくだいたようだった。

「あなたは……参謀の住所を知っているのですか？」

と、半井氏が眼をつりあげて聞いた。

「なぜですか、半井さん」

「私は参謀に文句を言いたい。そうして、彼を叩き殺したいのです。そうしなければ、気持がおさまりません……」

かれは憤然と、怒りを押さえかねたように言った。三十年近く抱きつづけてきた怒りが、一度に爆発したようである。在隊時において、兵隊をいじめる上官を、叩きのめしてしまおうとする怒り、それは私も実際に体験したことのある怒りであったが、それと同じ怒りが、いな、それ以上の激怒がかれの全身に充満している様を、私は確かに感じとっていた。これは……何かある……。私はそう思った。このままでは、何かが起こりかねない。

「半井さん、その参謀の家は、東京ではありません。遠いのです、まあ、まあ……」

かれは無念そうに、両こぶしを堅く握りしめた。

「高垣少尉の〝死因〟は知っています……しかしそれが、立派な戦死であることは、私がいうまでもないことです。みなさんがよくご存知の通りなのですから……」

と、私はズバリ〝知っています〟と声をひくめて言った。私の予想通り、四人は驚愕の表情をとった。体をのり出し、異口同音に、

「どうして、それを知っているのですか？」

「なぜ？」

「不思議だ、だれから聞き出したのです！　だれがそれを言ったのです！」

それを口外したら許さない、と言わんばかりの状態であった。

四人がそれぞれに秘め隠していた真実を、知っていると言った私の一言で、虚をつかれ、不安とかたくなさを見せた半井、藤川、井上、林さんの四人の表情は、まことに複雑であった。真心をもって歯に衣を着せず、ズバリ信ずるままに言った一言が、問題の核心をついていたといえよう。

「私はそれまでに幾冊もの戦記を書きました。英霊たちの真実の姿を伝えようと、山のような資料に取り組み、一つの戦いの実態について調査が終わると、こんどはそれに心を集中させ、幾晩も寝ずに自分自身をその中に入りこませ、あるいは実際に旧戦場を訪れて回想するうちに、真実の姿がはっきりと、自分で体験したようにわかって来るのです……嘘をついていると言われるかもしれないが、これはほんとうの話です……」

かれらは半信半疑の様子だった。話を聞き流そうとしているようだった。

「じつは……私は、高垣少尉と現地で会ったのです……」

その一言で、四人の眼の色が変わった。

「いつ、どの辺でですか……？」

私が現地で会った、と急に言ったことが、かれらには戦時中、マカラカル島で会った、と受けとったらしかった。だからこそ、そのくわしい日時と場所とをたずねてきたのだ。

「ハイ、私が少尉とお話をしたのは、昭和四十三年の夏でした。ペリリュー島に収骨に行く途中によった島の、洞窟の中です。それもガラゴン島でした……。高垣少尉の亡霊と会ったのです……」

四人は黙っている。

「霊魂は生きていますね、島ではよく感じます。実際に体験として受け入れています……」

と私はさらにつづけて物語った。

「島の住民たちに聞いたことですが、ご存知のようにかれらは、戦争中、一人残らず他の島に疎開させられていましたね。かれらが戦後、アンガウル島や、ペリリュー島にもどってきてからというもの、激戦の跡も生ま生ましい荒廃した島のいたるところで、夜となると洞窟という洞窟から、泣き声が聞こえてくるのだそうです。驚いたことに、日本兵ばかりでなく、米兵たちの声もまじって、すすり泣く声を耳にした島民たちは、すっかりおびえてしまったそうです。いまでも島に行けば、あの辺からは兵隊さんの靴音が聞こえる、人魂《ひとだま》が一番よく出るのはあの辺とかいって、島民たちは具体的に場所を指さして教えてくれます。人魂の不気味な光り具合とか、大きさや尾を引いて飛ぶ様相を、手まねして語る島民が何十人もいるんですよ。伝説ではありません。ほんとうにかれらは見ているのです。そういった出来事は、ただかれら島民をおびやかすだけでなく、戦前には島民たちの最大の楽しみであったところの夜の漁業が、まったく出来なくなってしまったそうです。なぜなら夜に入って舟を出すと、人魂が舟の周囲に飛んできて離れないのだそうです……。戦後三十年近くたったというのに、いまだに人魂が集まってくるそうです……」

私の現世ばなれしたような話にたいしても、かれらは真剣なまなざしをくずさず、じっと耳をかたむけ、私の口元に注目している。それは、戦争というものの実感、それも近代戦という激戦を、身をもって体験し、戦場における人間の死がどんな悲惨なものであるかを、いやというほど知っている勇者であるだけに、私の話が単なる与太話でないことを実感として理解していてくれたからであろう。

私は最後に言った。

「高垣少尉の霊魂が、いまもさまよいつづけているのかと思うと、まったくやりきれない気持でいっぱいです」

私の言葉に、四人はそれぞれ大きくうなずき、ひくいうめきの声さえ上げていた。おそらくは少尉の心が、かれら四人の心中ふかくに生きていて、それが私の言葉によって反応しはじめていたのであろう。

彼らは少しずつ私の真意を理解したらしく、最初のうち見せていた堅い緊張感も消えて、両者のあいだに融合のきざしが見えてきた。だから、最初に林さんが私に、「あなたは、なぜガラゴン斬り込みの真相をお聞きになるのですか？」と質問の矢を向けたとき、その調子には、かなりきびしいものが感じられたものだったが、いまはそれもなくなっている。

林さんたち四人にしてみれば、私からガラゴンについての真相を問われたとき、〝舩坂は、はたしてどの程度その真相を知っているのか〟と疑問に思い、その程度をおしはかるために今度の東京行となったのではあるまいか。もしも舩坂がことの真相をたいして知っていないようなら、いまさら過去のことをあばきたて、荒だてることもあるまい、と相談した結果の上京であると見越した私は、さっそくかれらの疑念をはらすべく積極的に自分の方から説明にはいっていった。

「では、なぜ私がガラゴン島斬り込みの真相を調べようとしているのか、忌憚《きたん》のないところを、みなさんに申し上げましょう。その一つは、高垣少尉こそ、まれに見るりっぱな将校であり、また優秀な指揮官であったと再評価する必要がある、と考えるからです。その道の専門家として教育された士官学校出身の将校とちがって、幹部候補生として、わずか一年の将校としての教育しか受けていない高垣少尉が、ガラゴン斬り込みで米軍のドギモを抜き、しかも、部下の犠牲者もすくなく、あれだけの武勲をあげるという大成功をおさめたのは、どこに原因があるか。もちろん、こうして、その少尉をささえてこられたみなさんを目の前にしてみると、みなさんのような優秀で勇気のある部下があったればこそ、とは心から信じていますが……。残念なことに、高垣少尉の功績の評価を、戦後、私のようにハッキリと証言する人が、いったい何人いるかという事実です。第一、一回目と二回目のガラゴン斬り込みの実体を知る人が、何人いるでしょうか」

　ここで私は、私本来の願いであった三月十日に敢行されたという、二回目の斬込戦における高垣少尉の真実の情況を知るために、

「ここで、かりに、わかりやすく、三月十日の斬り込みを、〃第二回斬り込み〃と名づけま

しょう。私はガラゴン島第二回斬り込みの真相を、みなさんからじかにお聞きしたいのです……」

と、私は、率直に、自然に、私の心中を割って話したのである。

すると、この斬り込みの当事者であった勇士たちの、目のかがやきが、いちだんと変わった。真剣そのものである心のあかしが、それぞれの表情の中に、ありありと現われてきたのである。それまでは、せいぜい私を一介の物書きとして考え、なにか戦争の裏面をあばき出し、印税かせぎの種《たね》に利用されるのが関の山であろう……ぐらいに思っていたのではなかろうか。私は内心いささかの安堵《あんど》を得たが、このまま勢いに乗じて、「さあ、みなさん、こんなわけですから、どうぞ私の質問にこたえてください」などという、紋切型に話を進めていくことは、性分としてできなかった。

そこで私は、あらかじめ準備してあった昭和十九年十一月二十五日の朝日新聞の記事のコピーを、机上にひろげた。これは私が陸上自衛隊戦史室の資料室係長藤田豊さんに、お願いして送っていただいたものである。

「みなさん、どうぞこれを御覧ください！」

コピーには、『九勇士　ガラゴン島斬り込み』の見出しも一段と大きく書かれてあったが、見出し以外の活字は、それぞれ五十歳をすでに超えられているかつての勇士たちの目には読みにくかったろう。そこで私は、記事を数回読み、すでになかば暗記していたので、

「みなさん、私が読みましょう……」

と、声を張り上げ、読みあげたのである。

その読みあげて行く記事のなかには、当時の高垣勘二小隊長を筆頭として、藤川伍長、半井兵長、井上上等兵と、官姓名もそれぞれはっきりとしるされ、勇敢な行動と戦いぶりが目のあたりに見るように、すでに繰りかえし読んだ私の胸に、新たな感動をよみがえらせていた。耳を澄まして聞く当事者である彼らの心中に、このとき果たしてなにが去来したか――いかに強烈にひびいたことか、その胸中に炸裂する弾雨、その中で死を待つ彼らの姿を、ここでありありと思い浮かべたことであろう――。

すでにふたむかし余をこえた時点に起こったこととはいえ、高垣小隊長以下の功績が上聞に達したかげには、己が身心を鴻毛の軽きに置き変え、死を賭して戦って奇蹟的な生還を得た彼らの過去、貴重な青春のすべてをかけた事実を、いまここで、私から聞かされようとは、予期せぬことであっただろう。軍人最高の光栄であった〝上聞に達した〟栄光の感状と賞詞を受けるため、感激に打ち震え感涙を押さえて、高垣少尉以下小隊一同が整列したあのよろこびの一瞬を、いま私の前にあって緊張し、手に汗を握って、確かに幻のごとくに再現している四人であった。彼らの人生の道程において、もっとも人間としての名誉と誇りに満ちた、それは輝ける一瞬であったであろう。

「じつは……もう七年前のことなのですが、高垣少尉殿のお母さんから依頼されたことがあります。これは他言をはばかる話なのですが……」

と話しながら、かつて老婆からよせられた手紙を見せた。私はつづいて、「ほかならぬみなさまには打ち明けて申しましょう。これは高垣少尉にゆかりのあるみなさんに、ぜひ相談に乗っていただきたい話なのです……」

私は声を一段とひくくした。

「というのは、高垣少尉の二階級特進のことなのです……。いや、実際、この話を聞いたときは驚きましてね。少尉の戦歴を記録した私自身が、二階級特進になっていなかったことを知らなかったのですから……。話を聞いても、すぐには信ずることができませんでした。しかし、ご両親より詳しく話を伺っていくうちに、戦時中のことはもう時効だなどと言ってはすまされない、じつに不合理な不可解な話だと、心底腹が立ってきました。倅はあれだけの手柄を立てたのに、なぜ国家はそれにむくいてはくれないのだろう、と悲しみのあまり私に相談してきたご両親の気持が、痛く私の心を打ち、なにがなんでも、という持ち前の俠気もあって長年にわたって調査を重ねてきたのですが……どうも確かな証拠が得られないのです。もっとも七年の間に、私は私なりの見解を持つまでにはなりましたが、このさい私は、真実ありのままの実体を知りたいと願っています。なぜなら真実を率直に受けとめてこそ、高垣少尉の霊に対しても、またご両親に対しても、申しわけがたつと私は考えるからです。事実をおざなりにすませたり、また虚構に書き立てることで遺族の心をなだめるという方便もありますが、これではりっぱな武人であった少尉をかなしませることになります。これが玉砕戦場から生還した体験を持つ、私に課せられた義務である、と結論を得るまでになるには、私はかなり苦しみました。

ねえ、みなさん、高垣少尉は、いま迷わずに成仏しておられるでしょうか……つい最近、グアム島から横井さんが生還されましたね。世界中の人々の眼が横井さんに集まり、横井語録などという言葉が生まれましたが、生きて帰られた横井さんは幸せですね。あの人は口がきけます。それはわれわれにも言えることですが、亡くなった英霊たちは口がきけない……こんな悲しいことはないじゃありませんか。かつて軍籍に身を置いたものならば、痛感されることです。せめて生きて還ったわれわれが、英霊の代弁をしてあげなければなりません。私などはそのために生還させられたのだと考えています。高垣少尉の代弁をしてあげたいと信じるのは、当然のことなのです……」

私の話の途中、彼らが目頭を熱くしているのが見うけられた。黙り込んで話の区ぎり区ぎりに大きくうなずくのだった。私の心が通じたのだろうか……。

私は、四人のうちのだれかが話の口火を切ってくれるのでは……と期待して待ったが、意外にも彼らはなにか重苦しそうな、内面の懊悩《おうのう》がそのまま表情にのぼってきたような感じをただよわせて黙っていた。

今朝九時に、私は一通の電報を手にした。

「サクヤタビニテフナヨイ　ハツネツケッセキイタシマス　ミナサマニオワビネガイマス
タカガキ　ヨシノ」

先日、この四人が二十三日に来京することがわかったとき、勘二さんの部下が何人か来ますので、ぜひ会ってくださるようにと、ヨシノさんに、連絡をしておいたのであったが、発熱のため来られないとのあいにくの電報であった。せめて少尉の部下たちの健在の姿を見ていただき、当時の話なりをお聞かせしたい、と願っていた私の努力は水泡に帰した。このような万に一つの機会に上京できないとは、なにか伜について悪評でも聞かせられるとでも思われたのでは……とがっかりした私は、つい変な邪推をしかねなかったが、いまこの四人の表情に、ふと今朝のいやな予感を思い出した。私は話題をかえようと試みた。

「みなさん、私は毎年のようにパラオ諸島に収骨に行きます。もう十回ペリリューにも行きました。みなさんのおられたガラゴン島にもいくどか渡りました。三度ぐらいです。私がペリリュー島に慰霊碑を建てたときでした。あの小さなガラゴン島は、南北千メートルぐらいでしょうか。島の面積はいくらもありませんね……」

「椰子林はまだ残っていましたか？」

半井さんが懐かしそうに言った。

「滑走路はいまでも使われているのですか」

「島民は住みついていますか」

高垣少尉以下九名が斬り込みを敢行したガラゴン島（手前）。上に見えるのがマカラカル島。島と島の間がデンギス水道。

井上さんと藤川さんが、同時に、ガラゴン島の近況について質問をしてきた。彼らの質問に受けこたえしているうちに、私は彼らの回想のとりこになった。彼らの心はいつしかあの紺碧の空のかなた、エメラルドを張りつめたようなあのまばゆい青い海水。それらに囲繞《いにょう》された孤島ガラゴンに吸い込まれて、敵がせまる以前の平和そのものの緑の島、南国の夢の島にもどり住みついていた。しかし、その楽園もペリリュー島攻撃の砲火によって、瞬時にして戦場となり、極限状態の打ちつづく最中、高垣小隊は苦闘し、数奇な運命に弄《もてあそ》ばれた。勝利なき戦闘の推移のなか、すでに死のベールに虜《とりこ》にされていた彼らが、ふたたび生還するとは、だれひとりとして考えもおよばなかったほど、二十八年前の日々は、ただ玉砕あるのみの実感と情況の切迫であった。冷酷無情な宿命の黒い手に、ただいたずらに翻弄されたとしか言いようのない高垣小隊。そこにはペリリュー本隊とパラオ集団の間に押しはさまれ差別された、言うなればママッ子小隊としての苦闘があった。日を増すごとに近寄る米軍の艦船、物量に物言わす艦砲射撃、間断なく飛来する米軍機からは、島も海上もくまなく掃き清めるかのような機銃掃射、島をぶち割るような爆撃の連続、恐怖はべったりと背にはりつき、身心ともに絶望の壁に、いやおうなしに叩きつけられ、死の影の磐石の重みに、押し殺されそうであった戦火の巷《ちまた》……それは私がかつて、ともにアンガウル玉砕戦を戦った戦友たちと、再会の折、夜を徹して話し合うときなどに、あくことなく繰り返される、あの凄惨といおうか、陰惨といおうか、血と硝煙の渦巻く阿鼻叫喚の中に、舞いもどってしまう瞬間とまったく同質の共鳴ともいうべき感覚であった。

両者を結ぶ同一の感銘が、ややあって私に利をもたらせてくれた。いや成るべくして当然の時が訪れた、といった方が正しいかもしれない。ガラゴン島の四人の勇者に帰った彼らは、なにはばかることなく当時の様相を、話しはじめてくれていた。現実に体験した者たちの語りゆくあの日の斬り込みの真相は、私に思わず激しい戦慄と血の臭いを感じさせずにはいなかった。過去が写し出されていく鮮明な画面には、斬り込みの拠点となった岩礁で凝結した無人島マカラカル、パラオ最南端の重要地点である……私はそこの戦場に立ち、勇猛果敢な高垣少尉と、三十八人の部下を見守っていた。

私は、本格的に取材をするために、テープーレコーダーのレバーを押した。烈々たる祖国愛に燃えた勇士たち、生か死か、運を天にゆだねた決死隊、悲壮きわまる一群を叱咤《しった》する高垣小隊長の声、斬り込みの情景が徐々に、やがて生き生きと描写されてゆくにつれ、彼らの心の絶叫が、あたかも飛来する弾丸が容赦なく大地にめり込んでいくように、間断なく回転するテープの中に吸いこまれ、収められていった。四人の話に言葉を失い、ただうなるように答えている私の声も、同時になめらかに吸いこまれていった。

失われたる大義の末

　半井さんが上体を乗り出し、真剣な眼差しで私を注目すると、いちだんと慎重に喋《しゃべ》り出した。

「あのころ……ちょうど米軍が、ペリリュー島に攻撃を開始する一ヵ月前でした。なにしろもう三十年以上前のことにもなりますので……日付も時間も定かではありませんが……。

　たしか……それは、昭和十九年八月の中旬のことでした。高垣小隊長殿以下の一個小隊、約三十八名の兵士は、ペリリュー島から十二キロ北東にあるガラゴン島に派遣されたのです。ガラゴン島とマカラカル島の間を、東西に流れる海流をデンギス水道と呼びますが、あそこは南洋方面ではもっとも流れの早い水路でして、東側の大洋の怒濤が運ぶ海水を、この両島の間に押し流してくるのです。たぶん両島の中間の海底が一段と低くなっており、しかも東より西がさらに低いので、流れが激しいのでしょう。米軍の大型船艇は外洋から来る場合、かならずこのデンギス水道を通過しないことには、ペリリュー島の北部に入れません。西部は環礁に取り巻かれているので、ここしか通路はないのです。とうじ日本軍は、この水路に機雷を敷設《ふせつ》して米軍船艇をここで撃沈させ、出入口を完全に封鎖しようとしたのでした。私たちの小隊は、『デンギス水道機雷監視隊』と名づけられて、この任務を与えられたのです。私デンギス水道からガラゴン島までは、北西五百メートルのところなので、一番近いわけですね。

そうそう、それからガラゴン島より東南にある小島、あれはたしかゴロゴッタン島と言いましたが、一キロぐらい離れている、猫の額のように狭い小さな島に、小隊のうちから、さらに一個分隊が派遣されたのです。私もそのうちの一人でした。私たちは干潮を待って海底から突起した環礁を伝わり、海水の溜まったところを膝まで浸しながら二十分ほど歩いて、ゴロゴッタン島に渡りました……」

するとこのとき、半井さんの話が終わるのを待ちきれないように、井上さんのいささか興奮した口調が割り込んだ。

「私も最初は、その島に分遣されました。私の記憶では……たしか……その後ガラゴン島に斬り込んだときに戦死した、藤原伍長、山本兵長、高田兵長……それから……」

と首をかしげながら、さらにだれかを思い出そうとしているような顔つきをしていたが、やがて、

「そうだ！　高垣小隊長殿がガラゴン島に来られる以前は、引野隊前田中隊の千葉准尉が小隊長だった。一番最初のね……たしかそうだったように覚えています」

興奮のあまり、話がいきなり逆もどりしてしまった。しかし、私は、とつぜん飛び出した千葉准尉なる人物の名に、〝変だ！　もしそうだとすると高垣少尉は……なぜガラゴンに？〟と思った。

井上さんは話をつづけた。

「私がゴロゴッタン島にいたときのことでした。その日は雨が降っていました。私が海岸にいると、小型舟艇が一隻、眼の前を通過しました。艇の上には将校マントを着た若い少尉が、毅然と立っていたのを覚えています。私はそのとき、高垣少尉をはじめて見ました。それが印象ぶかくいまでも脳裏に残っているのです」

彼は、雨とマントの面白い対照を語った。エメラルドの海面を強く叩くスコールが、白い飛沫《しぶき》をあげて砕けると、一面の霧の模糊とした白いベールが視野をおおい、波上を静かに進む舟……その詩情あふれる光影の中に、幻影のように立つ高垣少尉の姿ではなかったか……。

しかし、なんとしても私は井上さんの言った千葉准尉なる人物の出現が、気にかかって仕方がない。それはこうなのだ。引野少佐、かりにも大隊長である彼が、なんの理由をもって千葉准尉と入れかえに、高垣少尉を、あの離島ガラゴンに転属させたのか。いや、させねばならなかったのか。その点に、私はひっかかったのだ、高垣少尉は、その優秀さを引野少佐に認められて、大隊副官に起用されたはずではなかったか……。

「みなさん、なにかあったのですね！　高垣さんと千葉さんの交代が、ほんとうならば、です」

私のぶしつけな質問に、四人の勇士たちは急に眉をしかめて黙り込んでしまった。

「どうなんです、みなさん」

私は重ねてたたみこむように聞いた。

「じつは高垣少尉殿は、ペリリュー島の海岸で、人をなぐったのです……それが引野大隊長の耳に入って……」

一人が小声で言った。ひそかに洩らすように。すると、他の三人は、〝ちょっと待て〟と言わんばかりに、急に押しつけるようにその話を中断させてしまった。

「舩坂さん！　この件に関しましては、いっさい申し上げられません！　おそれ入りますが、どうぞそのつづきは聞かないで下さい……」

「なぜですか、なにか深い仔細《しさい》でも……」

「いや、とにかく申し訳ありませんが……」

口々に駄目の一点張りで、私は完全に駄目押しをされてしまった。四人のうちの一人がふと洩らしたように、高垣少尉がほんとうに人をなぐる行為をしたとすれば、そこにはなにか事情があるはずだ。私は不審に思ったが、これ以上この話題に触れると、彼らは怒り出すであろうとさえ危ぶまれた。何事かを困惑しきっている彼らの心中をすばやく察し、その話題を避けようと思ったとき、私の脳裏にふとある雑誌で読んだ、戦場逸話が浮かんでいた。

「みなさん、よくわかりました。そのことについては、もうおたずねしませんが――ただ一つ言わせて下さい。そのなぐられた人は、女性でしょう」

考える間もなく、直感が言葉となって出た。すると彼らは、「その通りです」と言わんばかりに、びっくりしてまばたきをした。

私の予想はみごとに的中したらしい。だが、私は、それ以上にこの話題を進展させようとはしなかった。「聞かないで下さい」と懇願され、事件を秘密裡に葬りたがっていた四人の遠来の勇士たちにはまことに申し訳けないが、前後の事情をはっきりとさせるために、その事件に関して私は、調査せざるを得ないのだった。

＊

とうじ南洋群島の首都、パラオ、コロール島の一隅には、男性の心を魅《ひ》く色街があった。鶴の屋、徳の家、春光館など、あわせて二百人くらいの売春婦がいた。もちろん私のいたアンガウル島やペリリュー島には、慰安所などもあろうはずはない。かりにあったとしても、日夜の区別なく、陣地構築に没頭する兵たちにとっては、そんな時間的な余裕やエネルギーはひるまの労働で消耗され尽くしていて、紅灯に足を向ける気持にすらなれなかったであろう。

昭和十九年の三月以降は、米軍の猛爆によってコロールの地上のすべては、その色街をもふくめて灰燼と帰したが、媚《こび》を売る女性たちの一部は、かろうじて難を逃れ、パラオ本島のジャングル内に隠れたと聞いている。そして、その後も、それらの女性に関しては、さまざまな風聞が流れた。○○中将は栄養失調でいまにも倒れそうな兵隊をかりたてて、ジャングルの中に、数寄屋造りの家を建てさせ、そこに女を囲ったとか、○○少将も、○○大佐もやれ女を引っ張りこんだとか、あの大尉と中尉は某女を張り合ったとか、醜聞はあとを絶たなかった。

こういった話は、いまも、当時の生存者たちが集まると、話題となってむしかえされる。

ペリリュー守備隊の主力、水戸２連隊の配属部隊・高崎15連隊の頑強な応戦に多大の死傷者を出し、手を焼く米海兵隊。

戦地におけるこういった問題は、なにもいまにはじまったわけのことでもなく、遠く満州、支那事変からあった。ともすれば高級将校たちのあいだには、前線の兵隊の血のにじむような苦労をよそに、かってきままな行動があったのである。

パラオでは民間人の奥さんを、横取りした将校の名前を聞かされて憤慨したことがある。軍規厳正を世界に誇った日本軍も、その内幕にこのような事実が、半ば公然とまかり通っていたということを、私はかつての兵隊の一人として、遺憾であると思うのだ。

たぶんペリリュー島に移動した某大隊長も、コロール島駐屯時代、そこの色街に、心を通じさせた女性がいたのかも知れない。それがうら若い芸者であったとか、やれ肉感的な女であったとか、うわさは流れたが、問題はその芸者が、ペリリュー島に移動した意中の大隊長を、追慕のあまりか女子禁制のペリリュー島に、上陸を敢行したことに端を発したのである。

その日も酷暑は、例のごとく四十度は越えていた。そのうだる暑さの中を一人の巡察将校が、堂々と闊歩しながらペリリュー島北地区陣地と海辺を、見わたしていた。

するとそのとき、ペリリュー島北端にあるガルコロ波止場に、女性を乗せた小型船がいまにも到着しようとしているのが見えた。ちょうどそこを通りかかった巡察将校は、だれあろう高垣少尉その人であった。純粋で高邁《こうまい》な軍人らしい高垣勘二少尉の眼にとまったのは、くだんの芸者である。

少尉はその芸者が、だれのところに、なんの目的でやってきたのか、すべての成り行きを一目で見透した。風雲急を告げる戦時下に、なんという非常識なことだ、こんなことを平然とするこの女の浅はかな行動を嘆くと同時に、ここでこの女性の行動を許しては、それこそ軍規をみだし、日本軍の伝統に泥を塗ることになる。ましてや軍紀厳正を誇りとするわがペリリュー島守備隊の主力、水戸二連隊や、その配属部隊高崎十五連隊の兵隊たちに、この事実を見せたくない。

それればかりか、妻帯者の多い召集兵を主体とする、わが独立三百六十四大隊の統制がとれないのみか、戦力にも影響しかねない。たとえ芸者が大隊長に呼ばれてやってきたものにせよ、あるいは芸者が独断で追っかけてきたものにせよ、軍規とは無関係だ。

そう判断した少尉が、芸者の上陸を強くこばんだのは当然であり、正しい処置であった。けっして若いという偏狭な正義感にのみ勇み立つ少尉ではなかった。すでに年少にして故郷を出、満州や支那大陸を他郷人に混じって苦労を重ねていた、大人としての思慮分別をわきまえる彼は、心の中で迷ってはいた。

かよわい女性とはいえない商売女のしたたか者を、いかにして引き返さすか――その方法と、また当然起こるであろうと予想される、わが身に対する報復とを思うと、いささかの躊《ちゅう》躇《ちょ》があったが、竹を割ったような少尉の性格が、義を見てせざるは勇なきなり――と、

「その舟は、パラオに引き返せい。島民も民間人も全部疎開して、この島には軍人しかいられないのだ」

と命令した。だが一方、女性は、一少尉の言葉などいささかも意に介そうともせず、強引に舟からあがってきた。その人もなげな振舞いに、少尉の正義感は怒りに変わろうとした。女性を舟に押しもどしながら、

「兵隊の手前もある。ここはもうすぐ戦場になるのだ。女性のくるところではない……」

と必死になって説得したが、もはや感情的になっている女性には、理屈など通じない。

「この非国民！」

少尉は女性をひっつかまえて、なぐった。こうすれば彼女は、上陸を思いとどまるだろう――と考えたのだ。

＊

軍人として、軍規に忠実な少尉の勇気ある行動は、結果的には大きな報復を受けたといってよい。彼はこの事件のあった直後のこと、引野大隊の大隊副官の重任をとかれて、ガラゴン島に転任させられてしまったのだ。

しかし、この事件を契機として、少尉の運命が急転することになろうとは、だれ一人として予測することはできなかったのだ。まさに運命のいたずら、とでも言うべきであろうか。

直属上官の女性とわかれば、上陸を見て見ぬふりをする方法もあったし、「私がご案内しましょう」と、上官のご機嫌をとり結ぶ、いわゆる世渡り上手な生き方があるのだが、熱血漢といおうか、正義感が人一倍強いといおうか、そういう少尉の武人らしい一連の行動にこそ、少尉の心情が鮮やかに投影されているといえよう。

この心情こそを私は、軍人の中の軍人、というよりは男の中の男として心より賞讃しているのである。生硬なまでの正義感が、のちのガラゴン斬り込みにおける勇者となって花開き、その後も数名の上官の怒りによって、ねじまげられた運命に従容《しょうよう》として従っていった少尉の生涯の結末への暗示となってあらわれていたといえよう。

問題のこの女性は、ペリリュー島玉砕のとき、米軍と戦って戦死したという話も聞かれたが、戦後、現地において私が調査した結果では、一部の島民たちによって伝えられ、その根拠はかならずしも定かではないが、高垣少尉とのかかわり合いもあると思われるので、その内容を、『証言記録・太平洋玉砕戦――ペリリュー島の死闘』（平塚柾著・新人物往来社刊）から引用させていただく。

そこには、つぎのように書かれている。

〝最後の日本兵〟芸者・久松の死

（前略）引野通広少佐を隊長とする北地区隊の〝最期〟には、いまだにペリリュー島の住民の間で語り伝えられている、あのエピソードがある。それは、水戸山の陣地で〝戦死〟した『最後の日本兵』の物語である。

第一次世界大戦の戦利品として、それまでドイツ領であったミクロネシア（日本は内南洋と呼んだ）を日本が国際連盟信託統治領の統治国となったのは大正八年であった。以来、日本は積極的に日本人の移入と経済、軍事両面の進出に意欲をみせてきた。それまで、ニッパ椰子の葉で屋根を葺き、丸太を組み合わせた高床式の現地住民だけの静かな集落は、いつのまにか日本式の家並みに変わり、日本人が住み、日本人が商いを営む商店街の出現となっていった。そして、ごくあたりまえに料亭と娼家の家並みもその街の一角に看板をかかげ、日本人を相手に商売の繁盛をみせていた。サイパンでも、トラックでも、そしてパラオでも。とくにトラック島とパラオは海軍の重要基地であったから、これら風俗営業は盛んで、和服姿の女たちが真っ白い制服の水兵や士官に春を鬻《ひさ》いでいた。しかし、日本の南洋統治の〝首都〟であったパラオのコロール町で、いま、これら花街の残影をみることはできない。コロール町は米軍の上陸こそ受けなかったが、昭和十九年に入ってからは連日のごとく猛爆撃を受け、町は跡かたをとどめない瓦礫の山と化してしまったからだ。戦後、コロール町は島民の手でささやかに再建されたが、島の人たちが植民地政策の徒花《あだばな》を再び咲かせるはずはない。南海楼、南栄楼、徳の家、富士屋、といった三十数軒の料亭が軒を並べていたコロール四丁目は数軒の商店を除けば静かな住宅街にかわっている。

このコロール町四丁目に「鶴之家」という〝見世〟があった。三十数軒の料亭の中でも、いわゆる高級に属する見世で、構えも大きく、女たちも粒よりをそろえていることを自慢にしていた。それだけに一般の兵隊たちには高嶺の花で、もっぱら将校たちが利用する見世になっていた。久松は、なかでも器量好しで知られた、二十歳《はたち》をいくつも出ない芸妓であったが、出入りする中年というよりは老年に入りつつあった引野少佐といつしかいい仲になっていた。生まれは九州とも大阪とも、あるいは沖縄ともいわれ、「本名は梅田せつといいました」というが、はっきりしたことはわかっていない。

昭和十九年六月三十日、コロールにあった独立混成第五十三旅団隷下の独立歩兵第三百四十六大隊は、ペリリュー島防備の強化のため歩兵第二連隊長中川州男大佐の指揮下に編入されることとなり、同日ペリリューにおもむくことになった。このとき、いい伝えによれば、芸者・久松は愛する男――引野通広少佐にペリリュー島への同行を懇願したのだという。久松の決意は固かったらしく、少佐の前に現われた彼女は、黒髪を刈り落として坊主頭となり、階級章こそなかったがれっきとした日本陸軍の制服に身をつつんでいた。彼女は、ペリリュー行きを決意した直後、もう手に入れようにも物がなかった当時、大切にしていた着物や女の小物などを同僚の女たちに分け与え、秘かに兵器の取り扱いを習っていたという話もある。

私がこのエピソードを知ったのは、日本の雑誌に書かれたペリリュー戦記がそもそもであったが、当初はあくまでも〝ありそうなエピソード〟ぐらいの思いで読みすごしていた。あまりにも説話的であり、でき過ぎたストーリーであったからだ。だが、語る人、書く人によって表現やいいまわしの違い、こまかい彼女の行為の真偽はあるにしても、実話であることに間違いないことを知った。昭和四十六年二月と翌四十七年の三月、私はペリリュー島を訪れた。そして、ペリリュー守備隊の戦闘模様の取材とともに〝芸者・久松〟の最期の話も意識的に聞きまわった。私が眼にした〝芸者・久松〟の記録は、児島襄氏の『太平洋戦争〝最強部隊〟の勇者たち』（月刊『宝石』昭和四十一年九月号）と三ヶ野大典氏の『ペリリューに残る悲しき戦話集』（月刊『丸』昭和四十六年四月号）の二つのルポルタージュだが、この二つの記事と現地パラオ諸島の人たちの話を総合すると、芸者・久松の最期は次のようであった。

愛する男と命をともにしたいという久松の情熱と決意に負けた引野少佐は、他の一般邦人が内地に引き揚げているさなか、彼女をともなってペリリュー島に渡った。久松の表むきの身分は「軍属」ということであったというが、引野少佐の身の回りの世話をする当番兵的仕事をしていたともいう。しかし、引野少佐に率いられた独歩第三百四十六大隊がペリリューに転進した六月末から七月初めにかけては、すでに米軍の爆撃は激しさを増しており、将兵たちの生活は湿気の多い珊瑚の洞窟の中に押しやられていた時期である。いかに愛する男のそばにいられるからとはいえ、久松の日常が快適であったはずはない。いや、この死を覚悟のペリリュー生活は米軍の上陸と同時に消え失せ、わずか三ヵ月で終焉をみたのだ。引野少佐の北地区隊は、米軍のアンガウル島攻略軍である第八十一師団歩兵第三百二十一連隊の増強軍を迎え、九月末から十月初めにかけて全滅し、引野少佐も死んだからである。ペリリューに語り伝えられる『最後の日本兵』の物語はこの直後に起こったとみられる。児島襄氏は、前記『宝石』誌上で書いている。

――引野少佐は自決し、〝久松〟も少佐の後を追った。中尾曹長は、そういう噂を聞いたというが、南洋には別の〝伝説〟が語り伝えられている。バート・尾形（パラオ本島在住の日系米官吏）は、現場にいた一人の海兵軍曹の〈証言〉を報告する。

「軍曹の名前は、スキーという。〝久松〟が勇敢に戦ったことは、軍曹が目撃している。彼女は丘の上に孤立し三方から海兵隊に包囲された。そのとき、彼女は機関銃を乱射した。その機銃座の抵抗は激しく、海兵隊の死傷者は八十六人をかぞえた。スキー軍曹も攻撃隊に加わったが、あまりにも激しい射撃に斜面にへばりついた。火炎放射器による攻撃が命ぜられたが、ちょっとでも動けば、すかさずシャワーのように弾丸がとんでくるので、どうにもならない。ついに決死隊が募集され、戦車の援護射撃で相手の注意をひいている間に背後に迂回し、やっと射殺した。勇敢な日本兵に敬意を表すべく近づくと破れた軍服からのぞく肌の白さに女性とわかり、深く感銘をうけた」

バート・尾形の報告を〝伝説〟とするのは、米軍の公式記録には〝久松〟に関する記述はなにもなく、彼女がいつ、どこで戦死したのか、不明だからである――

歩兵第二連隊の一等兵であった森島通さんも、ペリリューからの生還者三十四人の一人だが、その森島さんは〝久松〟について、ある記憶がある。

「私たちがペリリューに上陸した（十九年四月）当時は慰安婦は三人ぐらいいました。いずれも将校用だったんでしょうが、米軍が上陸する前にパラオ本島に引き揚げて行った。ある隊長の〝専用〟だけが残った。そのペリリューに一人残った慰安婦は兵隊と同じ恰好をして、よく釣りなどしていたですな。星（階級章）はつけていなくて、少しぼてっとした感じだった。敵が上陸する前にその女の兵隊を二、三度みかけたことがありましたからね。連隊本部が全滅し、敗残兵の生活をしているとき、水戸山に建てられてある十字架のようなものを眺めて、よく『あれ、なんだろうか？』といっていたんだが、戦後、米軍に投降してから聞いた話によれば、その女の兵隊をやっつけるために米軍側は何人もの死傷者を出したという。それで、米軍の戦友たちは戦闘が終わってから、女の兵隊が死んでいたところに十字架を建てたそうなんです」

森島さんと同じ歩兵第二連隊の上等兵であった飯島栄一さんも、投降後、〝十字架の秘密〟を米兵から聞いている。

「島の北の端の電信所のところに大きな十字架が建っていた。敗残兵になってから、十字架の根もとに野生の唐がらしがあると沖縄出身の兵隊がいうので採りにいったことがある。

そこは急な坂の斜面で、なんでこんなところに十字架があるのかと思っていたんだが、投降後、聞いたところによると、そこに一人の日本兵がいて、その兵隊を討伐に出撃した米軍の部隊にかなりの犠牲者が出たという。七、八人の死者が出たといいます。なんでも坂（岩壁）を登って行く米軍に、上から手榴弾を投げて来たらしい。やっとのことで沈黙させ、その地点に踏み込んだところ、倒れている日本兵は細いヤサ形なので、服をとってみたところオッパイが出てきた。それで、日本にはこういう勇敢な女性がいるんだなァと思い、アメリカ人たちは十字架を建てたそうなんです。その婦人は、ある将校の慰安婦だったんだが、婦人の場合は米軍上陸前に全部島を引き揚げなければならなかった。そこで頭を坊主にして、兵隊の服を着せておいたという説もある」

が、米兵たちがどうして十字架を建てたのか、その真意を聞く術はないが、戦後、島にもどってきたペリリュー島の人たちは、「勇敢な日本の女性に敬意を表して建てたのです」と信じている。米軍はペリリューで九千名近い死傷者を出したが、他の場所にはそうした十字架がないところをみれば、あるいは島の人たちが信じているように、戦死した戦友たちのためではなく、「勇敢だった日本の女の兵士」の霊を弔うためだったのかもしれない。いや、女性までもが銃をとり、命を捨てる「戦争」のむなしさを肌で知っている兵士たちが、その怒りと悲しみの象徴として、その地に死んだ敵味方双方の人間に対して建てたのではあるまいか。私はそう信じたい。（引用者注、いずれにしても米軍と戦闘したのは女性でないことは確かなのだ）

こうして芸者・久松を〝最後の日本兵〟とする引野少佐の北地区隊が壊滅した九月二十七日早朝、米軍は上陸以来十二日目にしてペリリュー飛行場で星条旗の掲揚式を行ない、「ペリリュー島占領」を声明したのだった。上陸後、「三日間で作戦は終了する」と豪語した手前、司令官は早目に占領宣言をしなければならなかったのかも知れない。

ガラゴン島東南の小島ゴロゴッタン島。『水道機雷監視隊』高垣小隊から一個分隊が派遣され、高垣少尉も巡察に赴いた。

＊

半井さんの話はつづいていた。

「ゴロゴッタン島は不思議な島でした。海岸の砂地のどこを掘っても、そこに溜まる水は塩分が消えて、真水になるんです。あんな島はありませんね……。

日月は憶《おぼ》えがないのですが、ガラゴン島におられた少尉殿が、干潮時に環礁伝いに巡察に来られました。少尉殿はじつに兵隊おもいでしてね。ちょうどそのころ、神経痛のような症状に苦しんでいた私の状態を察知すると、

『おい！　半井兵長、両親から頂いた大切なからだだ。早く病気を治せ。敵は迫っているのだ。早く退院して、俺と一緒に戦ってくれ！』

と、慰めと激励の言葉をかけて下され、ペリリュー島中隊本部に帰り入院して手当を受けるべく命令されました。治療のため一ヵ月ぶりに本隊に復帰して驚きましたのは、北地区引野隊将兵が昼夜の別なく構築したという、洞窟陣地を中心とした血と汗の結晶の防御陣地の偉容でした。軍医の治療に加えて、実戦も真近いぞという緊張感のせいか、私の病状は意外に早く回復の兆《きざ》しを見せ、九月十日ごろには、健康を取りもどしました。そうなると離れてきたガラゴンの戦友が恋しく、一日も早く高垣少尉の許に復帰したいと、ガラゴン島行きの船便を待ちこがれていました。そうこうしているうち、十三日になって米軍のペリリュー島攻略の準備戦ともいえる艦砲の猛撃がはじまってしまったのです。島中が揺れ動き、守備隊将兵は身の置きどころもないほど、悩まされたものです。

私は中隊の指揮班と行動を共にし、その後、引野隊本部付として、北地区隊の対空対艦監視哨で、戦闘指揮所との電話連絡係として、戦況報告をしていましたが、それもわずかの間でした。監視哨が爆撃でふっ飛んでしまったからです。戦況の急激な変化に戸惑いながらも、米軍を迎撃するため督励紛糾しているやさき、米軍がウンカのごとく上陸してきました。それからの戦況は、あなたの書かれた『サクラ　サクラ』（ペリリュー島洞窟戦）にも詳しく述べられていますからここでは申し上げませんが……。ともかくあのときのことは、日も時間もありません。夢中で殺気だったまま、十日ぐらいすぎたころでしたか。その日が何日なのか記憶にありません。とつぜん米軍の戦車が、私たち引野隊本部陣地のすぐ下の街道に、姿を見せました」

「半井さん、その日は九月二十五日ですよ。私のところにその日の戦況を、パラオ司令部に報告した電報があります。それはたしか『――戦線ハ次第ニ拡大サレ、敵ノ圧迫ハ逐次西方ニ加ワル。敵ノ一部ハ水府山ニテ戦闘シアリ、尚アリゲーター及ビM3戦車計二〇台ヲ主力トセル歩兵約二個中隊ハ、本日午後北地区引野隊ニ向イ前進ス。尚本朝大型上陸用舟艇五〇〇トン級約二〇隻ハ、東海面ニ出現シ、逐次揚陸作業中ニシテ、輸送船ラシキモノ六隻ヲ加エ、敵ハ上陸増加ヲ実施スルモノノ如ク其ノ行動ハ逐次活発化シアリ――』とあったことが記録に残されていますよ」

「そうでしたか。なにしろ戦闘前は、北地区大洞窟の南側口にある戦闘指揮所から、電探台の建物が見えたのですが、それがそのときは影も形もありません。そこに山のように大きい戦車が出没したのです。またそのころ、北地区守備隊員にとって、命の綱であった井戸が米軍に占領されてしまい、飲料水が皆無になりました。いやぁ、水がないということはつらいもんです。夜になると斬込隊を編成して、何組も何組も出て行くのですが、一人も帰っては来ません……。

ところで舩坂さん！　われわれの陣地の前に、敵の戦車が現われた、そのころの戦況はどんな模様だったのですか？」

半井さんは急に話を転じて、そのころ熾烈《しれつ》の最中にあって、混乱している記憶を、いまここではっきりとよみがえらすことを不可能と思ったのか、何かを私に求めようとした。

私は半井さんの実直な人柄に引かれた、ということは、通常戦闘体験は、参戦した付近のことについては、わからなくてもわかっているような顔をし、とくいになって自信ありそうに証言したり話を合わせようとする者がじつに多い。だが、近代戦の実相は、とくに物量と科学力に全面的に依存して戦う米軍相手の戦場においては、戦闘が熾烈過酷のあまり、実際には、自分以外のことはまったくわからないのが現実であるのだ。これらを考えても、知りたいと願って私の話すのを待ち受けているこの人の真実性を認めないわけにはいかない。

私はペリリュー戦の苛酷さに引かれ、いままでに通算して十二回渡島し、ペリリュー島玉砕戦士の慰霊収骨を、アンガウル島と同様に積極的に行なってきた。そして、私財を費やして両島にまったく同じ形の慰霊碑を建立した。

私は渡島するたびに、島の戦跡で亡き戦士の骨を抱きながら、この英霊はどこのだれのものだろう、と考えることが多く、それを調べることも多い。だから私は、ペリリュー島の戦闘については、いささかの自信をもって話す用意がされていた。

「半井さん、では、そのころの戦況について、聞いてください。とくに半井さんに関係のある北地区の戦闘状態は……九月十五日、米軍がペリリューの西港に上陸してからですね。その後、約九日間の激戦は、主として南地区で行なわれていました。ですから、本格的に米軍が北地区に現われたのは、敵が上陸して九日目の九月二十三日から、ということになります。それまでにこの島を攻撃した米海兵第一師団の兵員は、半減してしまっていました。海兵部隊は戦力を失ったので、新たに陸軍部隊と交代したのです。その陸軍は、山猫八十一師団と呼ぶ、アンガウル島を攻略した部隊を、再編成した一個連隊でした。この部隊がペリリュー島を攻撃することになったのです。この八十一師団こそ、私が戦った、アンガウル島における憎むべき敵です。だから、この師団に、大打撃を与えてくれたペリリュー島守備隊には、いまでも敬意を表しています。

豊富な物量と科学力に依存して戦う米軍の前に、日本軍はしだいに追いつめられた。写真はペリリュー島の米軍戦車隊。

さて、この新たな敵は、九月二十三日午後、ガルキョク村と呼ぶ、旧島民集落の南方三百メートルに現われたのです。あのあたりは引野大隊の第二中隊長、前野健蔵中尉がツツジ陣地に防御戦を張り、さらに第二陣地である前田山陣地にあって、戦闘の火蓋は切っておとされました。ここは激戦地となりましたから、もしも高垣小隊がガラゴン島に派遣される、といったことになっていなかったら、あなたがた四人も、あのとき玉砕しておられたかも知れませんね……。私の友人である桜井千鶴子さんの御主人桜井軍曹も前田山陣地で玉砕されました。

二十三日、待ちかまえていた前田山陣地からは、現われた米軍に向かって機関銃、速射砲の猛射を浴びせかけ、米軍の前進を阻止し、混乱に陥《おとしい》れたのです。しかし、翌朝二十四日の七時ごろでした。M3戦車二十台を先頭にして、米軍はふたたび、ツツジ陣地と前田山陣地の攻撃をはじめたのです。昨日、さんざんに打ちすえられた米軍は、こんどは艦砲射撃の支援で攻撃をはじめ、この日の午後三時ごろ、ついにツツジ陣地の一部が玉砕したのです。前田中隊あやうし、と見た引野通広北地区隊長は、予備隊二個小隊の援軍を投入して、前田中隊長と合わせ指揮し、戦闘をつづけました。その日の夕方でした。浜街道に沿って米軍に逆襲を繰り返し、さらに暗夜に乗じて夜襲、ツツジ陣地を奪回せんとする激戦が展開されて行きました。だが、夜襲を恐れる敵は、野砲と迫撃砲の集中射撃を浴びせかけ、北地区隊に手きびしい損害を与えたのです。引野少佐は残存兵力を〝水戸山〟と〝中の台〟付近の洞窟陣地に後退させ、この両陣地は絶対に確保すべしと、頑強な戦闘準備体勢に入りました」

私の戦況報告は順調に進んだ。北地区隊がしだいに孤立し、苦戦に陥《お》ちこんで行き、戦況急転する翌二十五日に移行しようとしていた。

そのとき、藤川さんが、「ちょっとお待ち下さい!」と言った。

「お話を聞いていますと、前田中隊は徹底して米軍と戦ったのですね。じつはあの陣地には、私の親しい戦友が大勢いたのです。二十四日の夜襲で、何人ぐらい戦死したのでしょうか」

「そうですね、そのときの前田中隊が完全編成であれば……たとえばですね、高垣小隊がガラゴン島に派遣されていましたね、それに、もう一個小隊がガラカヨ島周辺に派遣されていましたので、前田中隊は二個小隊欠だったのです。ですから引野少佐は、その日、大隊の予備隊を二個小隊だけ、前田中隊に補充しています。それらを考え合わせても、おそらく前田中隊の八割ぐらいは戦死しているでしょう」

藤川さんばかりではない、他の三人も口を堅くとざし、ウナルように息をはき出した。私をパラオ諸島戦史の研究家とでも思って信頼して聞く四人にとって、自分たち本隊の情況をここでこうして聞こうとは、活字を通して知った戦況より、一段の迫真性に富んだ描写であったのではなかろうか。もしも自分たちが前田中隊を離れず、この戦闘に参加していたならば、八十パーセントといえば全滅に近い、その中の自分の運命はどう変化していたであろう――。そう考えれば万感胸に満ち、感慨無量である彼らであったはずだ――。

「では、翌日の戦闘は、どうなったのでしょう」

と半井さんはさらに身を乗り出すようにして、

「私は、そのころ、大隊本部におりましたが、周囲の激変にとりまぎれていて、知らなかったのですが、前田中隊の活躍は凄《すご》かったんですね……。そういえば、そのころでしたよ。北地区の野戦病院に、どこからともなく重傷者が集まってきました。いずれも血だるまで、こんなにひどくやられているのによく生きていられる、と思うような兵隊で充満していました。それは悲惨でしたよ……」

「その日なのか、その翌日だったか、どうも想い出せないんですが……」

と、半井さんは首をかしげながら、

「じつは、その野戦病院が、急に解散したんです。たしか大隊長命令が出された結果だと思います。『一人で動ける者は、それぞれ原隊に復帰せよ。それ以外の重傷者は自決、ないしは、処置すべし』――処置とは劇薬や注射で人為的に死を与えることです。船坂さん、あなたの話をいま聞いて、前後の事情がのみこめました。おそらく大隊長は、〝前田山〟〝ツツジ〟の両陣地の戦況から、北地区隊の運命を予想したのでしょう。玉砕が間近にせまったことをですね……」

私たちの間には、しばしの沈黙が支配した。血まみれの、痛々しいどころか、眼もあてられぬ重傷兵士が、野戦病院のベッドの上で、とうぜん受けるべき手当も受け得ず、なおわが身と刺し違えに敵の生命を奪わなければならない、戦場の苛酷さを、慄然としながら回想していた。

「では、翌日の戦闘は、どんなだったか申しましょう」と、私はふたたび戦況報告をはじめた。

「二十五日は、引野大隊にとって、決戦の日だった、と言えるでしょう。大隊の本拠である〝水戸山〟の正面に、米海兵一個連隊が押しよせました。ここにおいて両者間に、大激戦が展開されるのですが、みなさんは私の書きました『サクラ　サクラ』の『引野大隊の最期』の項を、ごらんになりましたか……。あれは私が丹念に調査し、書いたものです」

「はい、拝見しました。壮烈で勇敢な戦闘に、驚きました」

「半井さん、この日になって、はじめて米軍の戦車が、あなたのいた陣地のまえに現われたのです」

したよ」

「ああ、思い出しました。思い出しました！　あの日が二十五日だったのですね！　夕方で

半井さんは二十八年前の事実の、重要な端緒をつかんだようであった。

「私はその日、大隊長命令を受領したのです。『半井兵長ハ部下三名ヲ率イ、ガラゴン島ニ到リ、デンギス水道機雷監視小隊長高垣少尉ニ、小隊ヲ率イ速ニペリリュー島引野大隊本部ニ復帰スベシ。北地区隊ハ強力ナ米軍ト対陣シ、最後ノ決戦ヲイドマントシツツアリ、ペリリューノ興亡此ノ一戦ニ在リ、特ニ急ヲ要ス』命令伝達の内容は、逼迫《ひっぱく》した本隊の事情がそのまま現われたものでした。重大な命令をになった私には、引野大隊本部に一隻だけ秘蔵されていた折畳式舟艇の使用が許され、現地召集兵である沖縄出身の海の強者翁長以下二名を連れ、夜半を待って島の北端ガルコロ波止場に向かいました。そのときの情況といえば、ガドブスの島伝いには照明弾が間断なく打ち揚げられていて、まるで真昼のように無気味な青白い光の中に周囲が照らし出され、陸上には米兵がたむろし、島の四囲にはくまなく米艦船が取り巻くという最悪の中を、われわれは出発しました。舟艇の発動機ははずしてしまいました。音がして敵を呼ぶことになりますので、できるかぎり静かに櫓をこぎ竿をさして、ガルコロを離れたときの気持は、すべて運は天にありと覚悟を定めたのですが、信頼する高垣少尉や戦友のいるガラゴン島に行ける喜びなど、残念ながら少しも湧いてきませんでしたね。ただもういかにして敵の眼にふれないよう、一刻も早く命令を伝達せねばと、必死でガラゴン島に向かって舟艇を進めました。しかし、いたずらに気が焦るだけで、舟足は遅く、お話

になりませんでした。ちょっとでも櫓のキシむ音、竿を抜くときに自分らがたてるわずかな音にも、おびえました。いつどこから敵の艦艇に襲われるか知れない……閻魔大王が見下ろす地獄の血の大池の上を、針のように細い櫓で鉛の舟をあやつるようなもので、死物狂いでしたよ。ペリリューの北端からガラゴンまでの、約十キロの距離を十時間以上は費やしましたね……翌朝未明にいよいよガラゴン島に到着したのです。上陸した私を迎えて、高垣少尉殿は、日焼けした顔にヤギひげをたたえていて、『おい、半井兵長！　よく来てくれた』と、再会を喜んでくれました。私は重要な大隊長命令を伝達しました。

あれはたしか八月の初旬のことでしたが、ペリリュー島守備隊長中川大佐は、『米軍のペリリュー島攻撃は、八月上旬以降に来攻する公算いよいよ大なり』と判断していました。大佐はサイパン、グアム両島玉砕の戦訓を大いに活用し、従来の地区隊戦闘計画を修正して、新たにペリリュー島の戦闘指導要領を完成したのです。同島に作戦指導のため派遣されていた村井少将が、集団司令部に出頭し承認を得て決定した命令の中に、『北地区隊長ハ全般ノ状況ヲ判断シ、適時離島派遣隊ヲ撤収スベシ』の一項がありました。引野大隊長は玉砕を予期したからこそ、この条項に基づいてガラゴン島撤退を命令したのです。

命令の伝達が終わったころ、朝焼けがはじまり、まもなく海上に首を出した真っ赤な太陽が、ペリリュー島を完全にえがき出しました。少尉は緊張したまま命令書を握りしめ、はるかペリリュー島を凝視したまま動きませんでした。私は少尉と同じように島を眺めて、異常なほどの恐怖と興奮にかき立てられていました。それというのは、以前ここから眺めたペリリュー島とは、まったく様相が一変しており、かつての面影はさらになく、島影がまったく変わっていて、他の島としか思えないのです。高地はくずれ落ち、焼けただれた山肌が痛ましく露出し、ジャングルの緑など一つも残っていません。北地区の海岸の白い砂までが黒ずんで見えるのです。あとで知ったのですが、これは炸裂した敵の砲弾の破片が飛散し、それが砂浜を埋めていたのでした。まったく米軍の物量の豊富なことと、敵の砲爆撃のものすごさには、ただただあきれるばかりでしたが、さらにもう一つ驚いたことには、朝になってみると、昨夜は夢中で航行してきた海上に、なんとも信じられないような数の米艦船群が浮上して、ペリリュー島を取り巻いていたのでした。昨夜、あの艦船と艦船のわずかなすき間を、そうとは知らずにくぐり抜けてきたのか――そう思ったとき、思わず新たな戦慄が背筋にはしるのをおぼえました。

しかし、そのときの高垣少尉殿の心中は、もちろん私とはちがって、北地区引野隊の悪戦苦闘の模様を脳裏に思い描いていたことでしょう。そのとき、少尉殿はいわれました。

『半井兵長、現在、引野大隊長殿はどのあたりの陣地におられるのか』

『前田中隊はどうした、中村中隊は？　畠隊は？』

と少尉殿は、やつぎばやに、北地区隊の情況を掌握しようとしていられたのです。いますぐにでも飛んで行って、引野大隊の戦力になろうと、ヤッキになっているようすがうかがえました。やがて少尉殿は、

『おい、半井兵長、お前は運がいいぞ。昨夜、よくあの米舟艇に見つからずに来られたな！

まさに天佑神助があったのだ！』

と言われました。そのねぎらいの言葉は、まさに実感をともなって私の胸に響きましたよ。

『高垣小隊長殿、大隊命令にありますように、小隊をペリリュー島まで、こんな状況下で移動できるでしょうか』

私は思わず知らず、このようにお尋ねしていました。すると少尉殿は、ゆっくりと腕を組み、ペリリュー島に向かって沈痛な面持ちを向けました。

『半井、見給え。あの舟艇がいる限り、これは無謀な作戦だよ。小隊は全員海中の藻屑だね。だが、ペリリュー本隊の急場を援《たす》けねばならないし、引野大隊を見捨てるわけにはいかないのだ』

私は返事ができません。手に汗をにぎって呆然としているだけでした。

『三十八名の生命を預る指揮官として、情況最悪、しかも全員玉砕を承知で、部下をその中に投入し、犬死にさせるわけには断じていかない！　と言って考えてばかりいて実行しなければ、引野少佐殿には申しわけが立たないのだ。今夜半、いちかばちか、率先躬行、あとは天命を待つことだ！　こんなときこそ日本軍に飛行機があったらなあ……。あの船艇を、全部、撃沈することができるんだが……。わが連合艦隊はどうしたんだろう。残念だ！』

少尉殿はこう言って、そのときの苦衷、苦悩する心境を洩らしていられました。私は当時すでに三十歳近い召集兵でしたが、少尉殿はまだ二十四歳の青年でした。しかし、少尉殿は若いにもかかわらず思慮ぶかく、かつ決断力に富み、部下を可愛がる名実ともに立派な指揮

アンガウル島東北港より望んだペリリュー島(左端)。第14師団約一万は、四万余の米軍と二ヵ月余にわたって戦い玉砕。

官でした。小隊の兵士たちからは、この人となら、いつでも、どこでも一緒に死ねる、というほど信頼のあった豪胆な方でしたよ。私は支那事変以来の軍歴は長く、多くの上官に仕えてきましたが、高垣小隊長殿のように尊敬できる指揮官にめぐり逢えたことを、その隷下《れいか》にあった幸せを、いつも感謝しています」

「半井さん、それからあなたはどうしましたか……」

「はい、たった一晩の恐怖と戦慄と焦燥とで、私は眼はくぼむやら、頬はげっそりなるやら、顔が小さくなったように感じたほどでした。小隊長殿は私たちの苦労を察しられたか、『半井、早く休養をとれ！』と、いたわってくれましたので、命令伝達の重任から、これでやっと解放されたと思いました。そのまま三人はぶっ倒れて仮眠をむさぼりました。

　その日の午後でした。死人のように寝込んでいた私を、小隊長殿の当番兵が起こしにやってきまして、

『半井伍長殿！　西海岸に緊急集合です！』と

伝達されました。私はびっくりして飛び起きると、いちもくさんに西海岸に走りました。ガラゴン島の西海岸の台地は、みごとな椰子林におおわれていまして、そこから見下ろすと、ペリリュー島は手に取るように視界におさめられるところです。

軍刀の柄頭に両手を軽く置き、刀身を支えに立っておられた少尉殿は、するどく眼光を輝かせていましたが、すでに集合を終わった吉田、藤原、藤川、林らの各分隊長は、小隊長を取り囲み、私のあらわれるのを、いまや遅しと待っていたようすでした。

小隊長殿はいわれました。

『これで全部、揃ったな、そのまま聞け！』

『お前たちを呼んだのは、ほかでもない。じつは半井が、九死に一生をかけて持参した〝命令〟によると、小隊は緊急にペリリュー島本隊に合流することになった。俺は今朝から長い時間をかけて、この小隊の運命を左右する合流について考えていた。しかし、ここでこの重要な作戦に関し、ぜひお前ら各分隊長の意見を聞きたいのだ。各自じゅうぶんに情況を判断した上、率直な意見を聞かせてもらいたい』

小隊長殿は慎重な態度で、合流作戦の重大性を説きました。

『お前たちの意見は、あくまで尊重するつもりだ。すでに俺の決意した小隊の指揮作戦計画に、少しでも欠陥があってはならないので、どんな些細《ささい》なことでも参考にしたい』

意見を求められて、思わず固くなったわれわれ分隊長に対し、少しでも気持を柔らげようと、小隊長はざっくばらんに申されました。

われわれの眼下には激戦中の、蟹の鋏のような形をしたペリリュー島が横たわっており、とくに東側の裏街道のあたりを、くっきりと波上にその姿を見せています。島のここかしこに天を衝《つ》くような黒煙が吹きあげられるのが見られ、また地表は硝煙と砂塵がとぐろをまき、そのにごった色を背景に、いたるところで炸裂する火焔がまるで雷光のように見える。われわれは声もなくペリリューを眺めていました。このときの作戦会議の課題は、いかにして本隊までたどりつくか、であり、そのための問題は、いかにして海上をわたるか、にかかっていました。かつての美しい海も、いまや真っ黒い油におおわれ、砲弾や爆撃によって寸断された樹木や木の葉の類が、沈没した艦船から流出した浮遊物と一緒になって漂っていました。悲壮なものでした。その汚れた海にはペリリュー島を取り囲むように米艦船群があり、われわれの本隊復帰が絶望であることを告げていました。とくに私は、きのうまでいたペリリュー島が、かくも無残に島型を変えているのを見ると、いまさらのように恐怖をおぼえました。もはや本隊合流は不可能です。私はそう思い、他の者もそう思ったことでしょう。でも、だれも率直にそういう者はいません。不可能だとは知りながらも全員が、なんとしてもペリリュー島へわたりたい、本隊へ復帰したいと、執念のようにみな思いつめていたのです。軍人にいったん任務が与えられたなら、決死の覚悟をもってのぞまなければなりません。その決意と勇気断行の行動こそが不可能を可能にするものだと教えられていました。それにしても、と私は内心で考えていました。小隊の運命を決定するこの重大なときに、よくぞわれわれ分隊長らの意見を求められたものよ、と涙の出るほどうれしく思っていました。それは、ひとり私だけではなかったでしょう。演習時においてさえ、〝分隊長集合〟といえば、命令下達にしかすぎず、または教育を主眼とした集合でしかなかったのです。ましてやここは戦場です。おそらく小隊にとって最大の作戦である『合流』につき、意見を求められたとあっては、小隊長に対する尊敬ははかりしれません。それだけに軽々しく意見を言う者はなかった。しかし、小隊長を中心に、われわれの心は一つになっていました。重い沈黙がつづきました。

『よし！　俺を囲んでもっと近よれ！』

と、高垣少尉はいいました。私は思わず息をこらしました。

『よいか、おれが三つの案を出す。各分隊長は忌憚《きたん》ない意見を聞かせてくれ！』

『行動はすべて夜間を前提としてだ。第一案は本隊合流を強行突破する。第二案は、このままガラゴンに止まり、米軍の上陸を待ち一戦をまじえる、敵を撃退できるか、または死守して玉砕かだ。第三案は、ここを放棄して北方にあるマカラカル島に一時撤退して、時機を待って反撃に出る。これがいちおう俺の考えた三つの案だ。第二、三案は、いずれも抗命罪と見なされることを忘れないように。つまり逃亡罪、敵前逃亡小隊の汚名はまぬかれられないだろう……』

そこまで重大な内容を淡々と話した小隊長は、あらためて、

『さあ！　お前たちの率直な意見を聞きたい！　なんといってもお前たちに責任はないのだ。あくまで意見として聞くのだ！　最終の決断はおれがする！』と、きっぱり言われました。

いよいよわれわれ分隊長は、心の中に逡巡する考えに決断を下さなければなりませんでし

ペリリューをめざす海兵隊員を乗せた舟艇。本隊復帰を命じられた高垣小隊が、この間隙をぬって合流が可能だろうか。

た。重大な内容を打ち明けてくれた小隊長の信頼にこたえなければなりません。もちろん、われわれが躊躇することなく選択すべきなのは、第一案でした。だが、それを決行するなら小隊三十八名が、むざむざと玉砕しなければならない危険性でいっぱいでした。しかし、第二、三案は抗命罪にあたいすると言うのです。どの道われわれは、祖国への生還は期していません。だからといって軍法会議で裁かれる不名誉は、自分はもとより銃後の家族におよぼす影響を考えれば、『生きて虜《りょ》囚《しゅう》の恥ずかしめを受けず』と教育を受けた戦陣訓同様に軍人にとって、いずれも犯してはならない罪でした。それだけにもっとも現実に即している第二、三案を、本能的に恐れました。

『小隊長殿！』と私は口を切りました。昨夜みずから体験した渡海をもとに、意見を具申することに腹を決めたのでした。

『小隊長殿、ごらんください』

私はペリリュー島の北端に見えるガルコロ波止場を指さしながら、

『昨夜、私たちは、あそこからこの島まで約十四キロぐらいのところを到達するのに十時間を要しました。そして、無我夢中で気がつかなかったとはいえ、あの米艦艇群のあいだをくぐり抜けてきたのですが、まさに一触危機の連続でした。じつに危険な状態だったと言えます』

それこそ虎の尾を踏みつけかねなかった、昨夜の情況についての説明に入りますと、

『半井！　あの舟艇で何名運べるか！』

と、小隊長が質問して来られました。

『あの折畳舟艇は、軽装の兵なら四十名、ただし操縦する四名をふくみます、もちろん発動機を搭載して、昼間平常の波上を運航する場合ですが……』

『では発動機をはずして、夜間の隠密航行なら最大何名が可能か……？』

『せいぜい十二名が、搭積可能だと考えます』

私は昨夜の体験から割り出し、装備、弾薬、食糧を搭載しなければ、これが限度だと判断しました。三名でやってきたときさえ十時間を要したのです。十二名を乗せた舟艇が、夜間に往復するとなれば、これだけですでに二日を要し、全員が終了するにはなんと十日という日数を必要とするではありませんか。

『そうか、三十八名全員が乗船できないとなると困るのだ。あれを見たまえ！』

小隊長が指さす方は、東北約三百メートルの海上に、ものものしく浮上している米駆潜艇が三隻、デンギス水道の外洋からの入口に頑張っていて、こちらに砲門を向け、いっせいに看視しています。それは暗に、たとえ一回で渡航できても、とてもペリリュー島到着は不可

能だ、という小隊長の気持をあらわしていました……」

「藤川さん、林さん、あなた方はどうでした？」

と私は、やはりこのとき、いっしょに集合していた分隊長の一員であった両名に向かって、質問した。

「とにかく、舟艇のことにくわしい半井が、ああいうふうに高垣小隊長殿に説明したんですからねえ……。私はこれという意見も具申することができず、返答に窮していました。それが本音です。他の分隊長たちも、おそらく、同じ気持だったんじゃないですか。みな内心、『この隊長の命令通りに行動すれば、間違いない』と思っていたんですが、意見を求められた手前、言い出しかねたんです」

「私も藤川と同じ気持でしたよ」

林さんが相槌《あいづち》を打つように、そう言った。

半井「結局、作戦会議は、第一案を実行するのはなんとしても不可能だという雰囲気のまま、『よし、結論はあとで達する』という小隊長殿の一声で解散しました」

藤川「その夕刻でした。ふたたび分隊長集合があったのです。隊長殿は、『今夜半、小隊全員引潮時を待って、ペリリュー島まで浅瀬を渡渉《としょう》する。この方法がペリリュー島逆上陸の可能性もあり、しかも一番安全である。各人に弾薬を持てる限り携行させて、出発準備すべし』と、ついに決断を下し、合流命令を出されたのです。

われわれは、小隊長殿の結論に、もちろん異論はありません。だが、もしも米軍に発見された場合は？　という最悪の情況を想像すると、ぞーっとしましたが……。

　夜半に入って、すべて準備を完了した私は……満州を南下したその日から、われわれが血のにじむような苦労を重ねてきたのはほかでもない、一兵にいたるまで団結して、敵に大打撃を与えるためではなかったか……こっこく迫る死を直前にして、こう想いました。われわれの分隊は、ガラゴン撤退命令を受けたとき、ペリリュー島逆上陸こそ、祖国への最後の御奉公とばかり、悲壮な決意をしたのです。敵情は、きのうよりさらに悪化していましたが、どのような場所と時にあっても、断乎として命令を敢行するのが、われわれ軍人の使命であることを、痛感しておりました」

　林「私はさっそくニギリ飯をつくるようにと、部下に命令しました。そして、持てる限りの弾薬を各自に携帯させました。やがて小隊はガラゴン島を後にしました。折りからの引潮時をねらい、腰ほどの水深を利用し、露出した環礁づたいにゴロゴッタン島をへて、ペリリュー島北部へ上陸しようと、出撃が開始されたのです。まさに〝虎穴に入らずんば虎児を得ず〟の実感を味わいましたね。

　暗夜を割って目を射《い》るように炸裂する照明弾のために、ペリリュー島の周辺は、真昼のようでした。その余光が、黒い海を照らし出して、この世のものとは思えません。ペリリュー島を十重二十重に取りまいている、米艦船の群れる不気味な海上を、なんとかしてくぐり抜けなければなりません。小隊の先頭を渡渉する小隊長殿に遅れまいと、危ない足元にあせるやら、いつどうなる運命に遭遇するやら戦々兢々《きようきよう》とした進撃でした……」

藤川「われわれが進んでいるのは浅瀬とはいえ、なんといっても海中なのですから、もしも小隊が敵艦に発見されたら、砲撃でアッという間に全滅してしまうのは、火を見るより明らかなことです。一歩一歩と、決死の思いで、漆黒の海を音を立てないように進みながら、ようやくガラゴン島から離れようとしたときでした。おそれていた通り一隻の艦艇が、探照灯の強烈な光を、小隊が進んでいる方向の前方へ向けて掃照しはじめたのです。まだ発見されたとは思えませんでしたが、まるでなにかの気配でも察したかのように、他の艦艇もいっせいに集中して、われわれを探しだそうと掃照してきました。〝危ない！〟私はその瞬間、こんなところでむざむざ死にたくない、かわいい部下たちを犬死にさせたくない、こんなことでは小隊の全滅は明らかだと思ったのです。もちろん、小隊長殿も、私と同感であったと信じます。宿敵米軍に、遺恨の一矢もむくいることなく、まったくの無抵抗のいまの状態のまま死んで行くとしたら、これこそ非国民のすることだ！　と心中ふかく叫びました。小隊長殿の声が聞こえるようでした。ただやみくもに突進して死んで行くことが、〝玉砕〟であるとはいえない。なんとかして敵に損害を与える方法をこうじないことには、国や同胞に対して申し訳ないことははなはだしい、と言わねばなりません。小隊長殿は即座に決断を下されていたのです。〈ここはいったん、転進すべきである〉と。

『全員、ただちにガラゴン島に転進すべし』『大義とは生き抜いて戦うことだ！』

この命令を聞いた私たち部下はもちろんのこと、命令を下した小隊長自身も心中には、複雑なものがあったことでしょう。転進とは、すなわち退却のことであり、当時の日本軍にとって、タブーとされていた言葉でありました。事情が事情であったとはいえ、信条に反する行動をとらざるを得ないツラサは、まさに断腸の思いだったでしょう。なんとかこの転進を、つぎの作戦において、かならずや戦果昂揚の基点にしなければならぬ、と少尉殿は心に誓っておられたと思います……」

半井「いかに命令に忠実であるのが軍人の本分であるとはいえ、盲目的に行動して情況判断を欠くようでは困ります。あのとき、米軍の思うままの砲撃の集中猛火を浴びれば、小隊全員はまたたくまに、玉砕することは当然の成り行きでした。それが、たとえ本隊やパラオ師団司令部が望んだことであったとしても、小隊長としては、部下たちをここで犬死にさせることは、国家に対して申し訳がたたない、と固く信じられたのです。その結果、小隊長は本隊の『命令』に違反して『転進』命令を出したのです。『命令』に違反することが、どのように大変なものか……もちろん、軍規違反の罪の汚名、戦場放棄の罪か、敵前逃亡の罪か、戦場離脱の罪か……陸軍刑法に羅列されている罪のうえに、さらに加算される罪すら数多い……ことは承知されておりました。

小隊がふたたび、ガラゴン島にもどったとき、われわれ分隊長たちは小隊長のもとに行きまして、

『小隊長殿の命令は、的確でした。転進について、後日、問題が起きるようなことがありましたら、われわれが責任をとります！』と口々に申し上げましたが、小隊長殿は、

『小隊がこうむる罪名が、たとえどのような罪名であっても、それは隊長であるこの私が、

決断した命令によって引き起こされた状態（罪）なのだから、すべて責任は私にあるわけで、罪は私一人が引き受ける覚悟だ。おれの責任である以上、お前たちはこのことについては、いっさい口を出してはいかん』と言って、頑としてこばまれました。

　小隊一同が無念の思いで見守ったペリリュー島上空が白みはじめたころ、それまで鳴りをひそめていた敵艦船の砲口が、こんどはガラゴン島に向けられ、ぶきみに旋回をはじめました。そして、ちっぽけな島を、まるで海底に沈没させんばかりの猛撃がはじまったのです。

　小隊長殿はふたたび、こんな孤島で米軍の艦砲のエジキになるのは愚の骨頂だと判断されました。夜陰に乗じて、ここより北方二キロにあるマカラカル島に転進すべきだと決断した小隊長殿は、さらにガラゴン撤退の命令を出されました」

　藤川「あのとき、ちょうど半井がペリリュー島より命令伝達のさい、乗ってきた折畳舟艇がありましたんで、われわれはそれに分乗して移動したわけです。デンギス水道を、何回かにわけて往復しました。半井、たしかきみが……」

　半井「そうです。ガラゴン島からマカラカル島へ、転進することが決定した夜から、私は責任が重くなりました。日中の明るいときに航行するのであれば、なんということはないのですが……。夜間の闇を利用するのですから、手さぐりで行動するようなものです。日中見れば二千メートルぐらいで、白い砂浜の見える湾の入江が、夜になるとまるっきり見えないのですから……。あのとき、水産講習所を出た、名前はいますぐ想いだせませんが、その上等兵が、島の上の星の光をすかし見て、舟艇を航行させるよう教えてくれたのですが、だいたいが海とか舟とかに関係のない地方に育ちましたものですから、なかなかむずかしいことでした。ともかく教えられた通りに島の山の像を、星空にすかし見ながら舟を進め、三日がかりで全員をぶじに運びました。手間どったのは、とうじ小隊の置かれていた立場から考えて、このような待機がいつまでつづくかの見当もつきませんでしたので、食糧、弾薬、武器等、すべてを運びだして、転進を終わったのです。

そうそう、転進の一番はじめの一個分隊の中に、たしか林の四分隊だったと思いますが、その中に隊長もおられましたように記憶しています。何時間もかかってようよう到着したものの、さっぱり地形が判らないのです。もちろん灯はまったく使えませんから、全員手探りで舟から砂浜に降り、舟艇を引き上げたと同時に、それこそ物凄いスコールに襲われ、一時間ほどは全員が動けなかったのです。デンギス水道は、あの通りかなりの激流ですから、苦労しましたよ。複雑きわまる想いを胸に、マカラカル島に転進したわれわれ小隊は、断腸の思いでペリリュー島を眺め、本隊の健闘を祈っておりました。しかし、われわれの事情と心を知る由もない本隊は、味方が次第に減ってゆき、たとえ一兵でもほしいとき、いっこうに現われない私たちを、重大な、命令に応じない不ら ち な小隊と思ったのは無理ありません。ただちに五号無線をもってパラオ本島の師団司令部に、『高垣小隊は敵前逃亡』と報告してしまいました。

じっさい私たち小隊は、やむにやまれぬ情況下に置かれていたのですが、五十キロも離れた師団司令部の机上では、また近代戦の凄惨さを未だ身を持って体験していないお偉方にとっては、第一線の実況など察知できるわけはありません。とくに多田参謀長のごときは、一度たりともペリリュー島にもアンガウル島にも来ず、現地を見ず調べずに命令を出していたという人ですから……こんな無責任な参謀長がいたんです。だからでしょう、われわれ小隊の現況を正確に把握できないまま、『高垣少尉は命令に違反し、敵前逃亡を犯した』と実際の戦況も事情も聞かず、一方的に断定してしまったのです。師団長も参謀長も、なんという無慈悲な、勝手きわまりない、話にならないやつなのでしょう。

　こうして小隊は、予想どおり、『不忠者の一群』と決定された運命下に置かれました。私たち小隊員全員の当時の気持の実感が、師団のお偉方にわかっていただけなかったのは、かえすがえすも残念でなりません……。

　あのとうじ、『上官の命令は朕の命令である』と兵士たちは教えられ、義務づけられていました。上官の命令は絶対だったのです。かりに自分が指揮する立場にあったとする、そして、自分が下した命令に従った部下たちが、従ったがゆえに罪の汚名をかぶせられたとしたら、指揮官はどのような苦しみを味わうだろうか。想像してみてください。高垣少尉こそ、まさにこの苦しい立場にあったはずです。罪をこうむるのが自分一人であるのなら、おのれが断定した結果によるのだから、どのような汚名も甘んじて受けることができる。しかし、部下たち三十八名が、そろって罪をこうむったのです。少尉は顔には出さなかったが、心の中では、耐えられない思いに苛《さいな》まれていたのでした。……」

　私は思わずただウナッてかれらの話に聞き入っていた。

半井「高垣小隊は、敵前逃亡の罪を犯した不届者である。爾後、小隊は、師団の別令あるまで待機せよ――師団よりこのような命令を受けた私たちは、以後マカラカル島を拠点として、苦悶の日々を送っていたわけなんです」

私は、思いきってこうたずねた。

「みなさん、もしもですよ。高垣少尉が部下のことを考えられずに、そのままペリリュー島へと直行していたら、どうなったと思いますか?」

半井「小隊は三十八名いたのですからね。水音を立てるなと言う方がむずかしく、ちょっと音を立てたら、かならず全滅したでしょう……」

藤井「たとえペリリュー島のそばに行けたとしても、あの照明弾の光では、かならず発見されたでしょう。飯田大隊の逆上陸も発見されたのですから」

林「蟻のはい出るすきもないのに、行けるはずはありませんよ。陸上のように遮蔽物が何ひとつない海上では、絶対無理ですね。たとえ引潮であっても、胸まで海水があるのですから……」

井上「おそらく海上での全滅は確実でしたね。それを見透した高垣少尉殿は、りっぱでした」

高垣少尉の情況判断にたいする四人の感想は、すべて一致していた。あの情況下においての転進は、前進よりも勇気を要したという、人々の偽らざる心境が私につたわってきた。高垣少尉の決断は、小隊三十八名を犬死にさせなかったのだ、と言うことにつきるようだ。

だが、一方、北地区隊の戦況はいよいよ悪化して、引野小隊は孤軍奮戦し、高垣小隊援軍をどんなに待ちわびていたか、その引野隊の心中も察するにあまりある。

半井「後で知ったのですが、水戸山の引野隊は、電探台と地下大洞窟陣地を死守しようと、逆襲を反復して勇戦敢闘をつづけたのですが、衆寡敵せずその屍を北地区に累々と重ね、十月三日ごろに玉砕したということです。高垣少尉殿以下、われわれはマカラカル島において、引野隊の敢闘を祈りながら、ペリリュー島の戦況を見まもっていました。私が奇蹟的な脱出をしてから、一週間のちです。丸坊主の水戸山付近から、それまでは確かに見えていた黒煙が、パッタリと消えると同時に、豆を炒るような銃声も絶えてしまいました。『ついに玉砕してしまったか……』少尉は涙をたたえて、悲しんでおられました。ああついに援軍として、ペリリュー島に行くことができなかった。なんとかして行こうと機会を求めてはいたのだが……。天はついに我を見離し給うたか……。引野大隊長に

凄絶なる戦闘後、最後の一兵をものがさじとばかりに、執拗果敢に、日本軍の洞穴陣地に弾丸を浴びせかける米軍兵士。

申し訳ない……。少尉はこのときを契機として、以前にも増してある呵責《かしやく》を感じられたらしく、強く悩んでおられたようです。少尉の心境は暗く、重く変化して行き、理論的なその脳裏には、『陸軍刑法』が、渦を巻いて奔流し逆流し、充満していたことでしょう。

陸軍刑法第七十五条……故ナク職役ヲ離レ又ハ職役ニ就カサル者ハ左ノ区別ニ従テ処断ス。

一、敵前ナルトキハ死刑、無期若ハ五年以上ノ懲役又ハ禁個ニ処ス。（注）敵前ニ在ルトキハ敵ト直接相対峙シ攻守若ハ警戒ノ要衝ニ当ル状態ニ在ルヲ謂ウ。一定ノ期間ノ経過ハ其ノ成立ニ関係ナク職役ヲ離レ又ハ之ニ就カサル行為アルト同時ニ本罪ヲ構成ス。

少尉殿は、内心、覚悟を決めていられたのです。自分はこの罪を自ら買って出ようと……。だが、陸軍刑法にはまだある。

第四十二条……司令官敵前ニ於テ其ノ尽スベキ所ヲ尽サズシテ隊兵ヲ率ヰ逃避シタルトキハ死刑ニ処ス。（注）司令ニ任スル陸軍軍人トハ苟クモ軍隊司令ニ任スル以上ハ其ノ団体ノ大小、任務ノ軽重ヲ問ハス。又司令ニ任スル者ハ将校タルト下士官タルトニ論ナク総テ茲ニ所謂司令官ナリト解セサルベカラス。

これにも該当する。まだあるのです。

第七十六条……党与シ故ナク職役ヲ離レ又ハ職役ニ就カサル者ハ左ノ区別ニ従テ処断ス。

一、敵前ナル時ハ首魁ハ死刑又ハ無期ノ懲役若ハ禁個ニ処シ他ノ者ハ死刑、無期若ハ七年以上ノ懲役又ハ禁個ニ処ス。

いやそれだけではない。深く追及していけば、刑法のいくつもの条項に全部といってよいくらい、このたびの行動は引っかかってくるのでした。軍法会議、そして、どのみち死刑はまぬかれない。だが、断じて部下たちに罪をおよぼしてはならぬ。刑法が示す通り、指揮官である自分一人が罪を負えるなら、三十八人の生命が私一人の生命と引き替えにできるなら、私は本望だ。本隊復帰をはたせなかった九月の二十五日から、約一ヵ月の間の少尉殿の苦しみは、察するに余りあるものがありました。その間も、戦況はどんどん変化していき、米軍によるガラゴン島、ゴロゴッタン島の占領、さらに米軍の砲撃に追われたわれわれ小隊は、マカラカル島より北方の無人島ウルクターブル島に移動して、なんとか友軍戦局の有利な推移をと機会をうかがいながら、米軍の砲撃を避けつづけたのでした。その間、少尉はおのれの心底を一言も洩らさず、ただ一途に小隊員の士気と健康を気づかっておられました。〝百年兵を養うはこの時ぞ〟と、かわいい部下のためには、わが身をかえりみることなどない信条の持ち主だったのです。

ある日、私はひとり少尉殿に呼ばれました。たしか十一月の初旬、三日か五日ごろだったと思います。

『半井兵長、話がある。内密の話だ、聴いてくれ。じつは、おれはこれから司令部に出頭する。俺は抗命とか敵前逃亡とか戦場離脱とか幾つもの汚名を着ている。これから司令部のお偉方に会って、裁断をあおぐつもりだ。ご苦労だが、舟艇を用意してくれないか。兵隊たちには、パラオに行って食糧を受領しに行く、と言うのだぞ。心配するといかんから。わかったな、半井兵長！』

私は、少尉の部下を思うやさしい言葉に感動し、思わず目頭をおさえました。

『少尉殿、あのときのことは、少尉殿ひとりの罪ではありません。お願いであります。あのとき命令を伝達にやってきたのは自分であります。自分が命令書を紛失してしまって、命令が少尉殿に伝達できなかったことにしてください。そうなれば自分一人の責任になります。どうぞこの私を……』

と申し上げたのですが、小隊長は私の考えを聞いてはくれませんでした。とにかく私は小隊長に指示されるまま、私がペリリューから乗ってきた引野隊秘蔵の舟艇を引き出して、吉川重一郎兵長、現地召集兵の沖縄県人翁長一等兵、韓国出身の徳山一等兵の計三人に舟艇の出発準備をさせていました。私たちのいた島の近くには、たくさんの米軍艦艇が、うようよしていました。私はこんな危険な海上を航行することは決死でないとできないと思ったのです。

その日の夕刻。私は小隊長にふたたび呼ばれ、パラオ本島までこれからすぐ出発すると命令されました。私は心中ふかく悲壮な決心を抱きました。小隊長は、パラオ本島の照集団最高指揮官である井上定衛中将を訪ねようと決断されていたからです。戦場離脱の理由を申し開き、その上で罪を一身に負い、かわいい部下たちの赦免を乞うつもりでいられることを、私は知っていました。小隊長は私を副官と指揮班長を兼任させるなどして、なにかと私を引き立てていて下さいましたので、二人の間には問わず語らずのうちにも、通じ合うものがあったのです。小隊長以下五名を乗せた舟艇は、司令部まで、直線で結べば、四十キロのところなのですが、昼間は米軍監視下にあって、海上を航行しようものなら、すぐにグラマン機が銃撃に飛来し、われわれは蜂の巣のようになりますので、まったく動けませんから、夜間のみ舟艇を進め、わずかの距離のところを三日がかりで北上したときは、全員疲労困憊《こんぱい》していました。三日目の夜でした。闇の海上前方に一隻の舟艇が、突然、あらわれ、

『オイ！　何隊のだれか！　舟艇を止めろ！』

とするどく誰何《すいか》されました。

　大型発動艇から、闇をついて響いたその声の主は、だれあろう師団司令部の参謀たちと、数名の将校の一群だったのです。誰何した相手は、懐中電灯を突きつけるようにしてかざし、照らし出された光の中に、高垣小隊長と私たちを発見し、引野隊の高垣少尉とその部下たちと知ると、参謀たちはたちまち烈火のごとくいきどおりました。今にも小隊長を叩き斬らんばかりの剣幕でした。静かに申し開きをしようとする小隊長の声に、耳を貸すような気配など、まったくないのです。

米戦闘機グラマンＦ６Ｆヘルキャット。零戦のライバルとして活躍。二次大戦の名戦闘機で連合軍に勝利をもたらした。

『なぜお前は、命令に違反した！』

『抗命罪を犯した指揮官の顔など見たくない！』

『抗命ばかりではないぞ、敵前逃亡を何と心得る。大馬鹿者！』

『戦場離脱の罪がどうなるかぐらいは承知しているはずだ、お前は伝統ある日本陸軍の指揮官ではないか！』

『なんという情けない奴なのだ』

『なぜお前は、ペリリュー島にもどらなかったのだ。ペリリュー島の引野大隊と一緒に死ななかったのだ！　卑怯者！』

『お前は敵前逃亡小隊長だ！』

一方的に攻撃して罵倒する声が、闇の海上に響きました。

すべてその罪をわが身にと、いつでも腹真一文字にかききって武人の最後を飾ろうと覚悟しきっている小隊長の何ものをも恐れぬその沈着さが、かえって参謀たちの眼にフテブテしく映ったものと見えます。

両者の間に、たちまち息づまるような空気がみなぎりました。高垣小隊長殿は、『私の話を聞いて頂けませんか……』『聞いて下さい……』と、なんども繰り返しました。しかし、聞こうとはしません。

『この場に至って、いいわけをしようとは卑怯者だ！　お前は上官に反抗するためにここに来たのか！　またさらに抗命しようというのか！』

彼らは殺気だってこう怒鳴るのです。私は思わず小隊長のそばによって、隊長殿の腰のピストルを握りしめました。もしも小隊長に、彼らが軍刀でも抜いて向けられたら、この上官たち全員を射殺し、私も死を選ぶつもりでした。すると小隊長は、ピストルを握りしめる私の手を上から静かに押さえました。その手は、『半井！　こんな気ちがいじみた連中に逆らってはいかん、ここで事を起こすと、われわれだけではすまない。小隊全員が、どんな報復を受けるか判らん！　冷静になるんだ……』と諭《さと》しているように感じました。あの沈着さと冷静さは、たいしたもんですね。だが、そのとき、たまりかねたように両者の間に、若い少尉が立ちはだかりました。その少尉の名前は失念してしまいましたが、その少尉は小隊長の以前からの友人か、あるいは幹部候補生の同期生とかでした。ちょうどこの参謀たちの舟艇に乗り合わせていられたのです。彼は小隊長に変わって、参謀たちに向かって懸命に詫びを入れてくれ、なんとか急場を救おうと説得してくれました。（後日の調査によって判明したのだが、この若い少尉は、私が『サクラ　サクラ』に書いた水中伝令の主人公で、現在、前橋市にいる川田四郎さんであることが、三十三年後のいま偶然に判った）

小隊長の厳然とした態度に、痛く尊厳を傷つけられていた参謀たちは、少尉の諌《いさ》めに、いちおう不満足ながら糾弾の声を静めはしましたものの、けっして納得をしたわけではありませんでした。逆上した彼らの顔には、彼らのみが持つ下級部下に対する憎悪――そして報復のために使う権力を表わす手段が、そのただならぬ眼光に現われていたのです。それを私はまざまざと見たのです。とうていこの私などには考えもおよばぬような、残酷な報復といえる、新たな見えざる苦しみと、聞こえざる罵倒を与えようとしていたのです。それは小隊長一人のみならず、私をふくめた小隊員全員を死に場所へと追いやることでした。面子のためとはいえ、なぜかようにまで、われわれ小隊を憎んだものなのでしょうか。彼らはほんとうに一銭五厘で、将校でも兵隊でも召集できると思っていたのでしょうか、下級将校や兵隊などは、消耗品としか思わないのでしょう。

ご承知のように小隊長は、『敵前逃亡』の烙印を押されることは当然と覚悟したうえで、自発的に申し出にやって来たのです。もちろん軍法会議を受けて、小隊長の行動の理由も申し述べたうえで、堂々と裁きを受ける固い覚悟だったのです。小隊長はこれも運命と諦めてはいましたが、報復という形で追及されようとは、おそらく、心外であったことと推察します。このような侮辱は軍人として耐えがたいことです。しかし、所詮、軍隊という強固な組織の中においては、一小隊長の弁明など、いくら当然の理由があったとしても申し開く余地などなく、その上、予期した以上の汚名を小隊全員にかぶせられ、高垣小隊長殿は師団参謀たちがつきつけた『斬り込み命令』に、従うより道はなかったのです。

そのころ、ペリリュー島とアンガウル島は、師団の予想はまったくはずれて、長期に渡って悪戦苦闘がつづいていたため、師団は何とかこの状態を挽回しなければならない立場に、追い込まれていました。思案の結果、ペリリュー島に飯田大隊を逆上陸させましたが、損害は大きかったのです。そのために、後続の逆上陸部隊の再送を控え、やがてパラオ本島には米軍の来襲があるであろうから、それにはペリリュー、アンガウル両島の米軍部隊が北上してくるにちがいない。そうなったさい、その矛先《ほこさき》を迎撃する地点は、ガラゴン島およびそれ以北に点在するマカラカル島、三ッ子島諸島である、と判断していました。これ以外の水路は、外洋の荒波をまともにこうむるという悪条件がつきまとうからです。

　科学の粋をきわめ、しかも物量を備え持つ米軍に対する防御法として、そのころパラオ師団司令部の〝作戦の鬼〟といわれた多田参謀長が企画した数々の作戦は、ペリリュー島の中川大佐や村井少将が打電してきた戦況報告のどれ一つをとっても、なるほどと舌を巻く米軍攻撃戦法に対し巧妙な合理的な戦闘指揮でした。『敵がサイパンへくるようなら思うつぼだ、本望だ』と東條大将が豪語したサイパンも玉砕。つづいてテニアン島、グアム島玉砕——そしてパラオ本島もあやうしと、苦慮していたときです。

　パラオ本島死守には、第一に兵力の蓄積にありと、ペリリュー島北上阻止兵力については、できうるかぎりパラオ本島よりの派遣をさけるべしと考えていました。そのためペリリュー島北方の離島守備兵士は、員数外の部隊として、極限下における兵士の戦場心理を巧みに利用し、たとえばペリリュー戦場から逃亡した水戸二連隊の残存兵、海軍飛行部隊の飛行機を失った兵士たち、引野隊の将兵や逆上陸の途中で落伍した飯田大隊の兵士——こういった人員をことごとく逆上陸斬込隊、ないしは海上遊撃隊として、周囲の離島に戦力として投入していたのです。

『お前は、なぜペリリュー島で死ななかったのだ！　それでも日本軍人か！　ペリリュー島の戦友に申し訳ないと思わないのか！』

烈火のように噴りつづけていた参謀たちは、最後に、

『お前は、小隊を引きつれて、ただちにガラゴンに斬り込め！　そして、汚名を挽回するんだ！』

と怒鳴るように、命令を下しました。

激怒する参謀らの声には、かつての主従の情などまったくなく、『お前に、汚名返上の場所と機会を与えてやる』という、封建的な〝武人の情〟にあらず、まったくあやまった、成りあがりの軍人の非情な感情で、手前勝手な『お前が生きていては、われわれ照集団の面汚しだ』という、軍隊にありがちな、〝面子的〟な冷徹な計算が隠されていました。だから、『軍法会議など無用だ、軍法会議などして裁かなくとも、お前たちは死ねばいいんだ、黙って死ぬのだ』と彼らの腹の底が読めました。

小隊長殿はすでに決心して、はるばる師団司令部まで出向いてきた途中なのです。腹を切って敵前逃亡の罪に服する覚悟でおられましたのに……。だが、終始一方的に、『抗命だ』『逃亡者だ』『卑怯者だ』と罵倒されるのみで、小隊長殿の気持の一端すら理解してもらうこともできませんでした。じつに残念でたまりません。冷酷無比な参謀らの糾弾に、これが忠誠を誓った上官というものの本質か、これが絶対だと信用していた軍の規律というものなのか、どこの連隊にもある軍旗、あの軍旗の翻《ひるがえ》る下に、こんなことがあってよいのだろうか、天皇陛下の軍人が、その同じ軍人同士が、こんなに差別されてよいのだろうか、兵隊を死なせ、戦歴を利用し、自分の手柄にする高級将校のずるさ、みにくい行為が、こうして皇軍と

いう名の下に行なわれているとは、と私は口惜しさに泣くに泣けず、まさに断腸の思いとはあのときのような場合をいうのではないかと思います。

　小隊長殿は、『おれは誤解されてしまった……残念だ！』と、たった一言、私に洩らされました。『誤解された』と、それしかいわなかったのです。そのときの小隊長殿の心中は、いかばかりだったでしょう。私にはよくわかります。

『こんな人間性の欠けた、程度の悪い連中の前で、腹など切れるものか。こうなったからには、男の意地にかけてガラゴン斬り込みを是が非でもやり遂げなければ、死ぬに死ねない！ほんとうの将校とは、指揮官とは、日本男児とは、かく戦闘するんだ、お前たちのように、権力を振りまわすやつらにできないことを、おれが堂々とやってのけ、指揮官としての見本を示してやるさ』と小隊長は思われたことでしょう。

　あのとき、もしも私が小隊長だと仮定すると、あれだけ頭から罪人扱いされたら、私だったら彼らの舟艇の中に手榴弾をたたきこんで、彼らを全滅させなければ腹の虫がおさまりませんよ。だが、ほんとうに腹のできた高垣隊長の堪忍袋の大きさと、忍耐力のある男らしさを見たのははじめてです。私は奥歯を噛みしめて、小隊長について斬り込もう！　と決意していました」

　語りつづける半井さんの固く握りしめた拳が震え、やがて、かれらも私も、ともに眼頭を熱くさせるのだった。

　初対面のときに、半井さんが、「○○参謀を叩き殺したい」と、戦後すでに三十年以上もたっているのに、なお執念として抱きつづけてきたその思いが、いや、激怒する感情の原因がここにあったことを、私はやっと知らされた思いだった。むりもないと思う。尊敬する故高垣小隊長のそのときの内面の憤怒が、かれらの中に、いまも生きているのだ。加えて高垣小隊の全員が、罵倒され、嘲弄されたことの傷も、それだけ心に深かったのだ。

半井「こうして少尉殿は、参謀たちから罵倒され辱《は》ずかしめられたあげくのはてに、『命令の詳細は電報で指示する』ということになり、高垣少尉殿だけが単身マカラカル島の小隊拠点に、〝陸路〟をたどって帰られることになりました。〝陸路〟といっても島から島へは泳いで渡らなければなりません。

私はマカラカル島の照集団直轄遊撃隊長の坂本大尉を探して食糧を受領するために南下したのでした。しかし、その坂本大尉を探し出すのに、まる一日をついやしてしまいました。なにしろ付近には米軍の船艇がウヨウヨしているし、坂本大尉の位置は無人島の中だけに皆目わからず、しかもジャングルが繁っていて歩きにくく、往生してしまったのです。それでも私は、わずかばかりの食糧を受領し終えると、いそいで小隊へもどりました。しかし、そのときにはすでに、高垣少尉殿以下の決死隊がガラゴン島に斬り込むための準備を完了した直後のことでした……」

半井さんの話のこしを折ってはいけないと思いながらも、話をうかがいながら気になっていたことを、思いきってここで、半井さんにたずねてみた。

「そのときの高垣小隊の本拠地は、マカラカル島のどの辺りでしたか？」

半井さんは、ほんのちょっと考えただけですぐに答えた。

「とうじ高垣小隊は、第一海上遊撃隊田村中尉の配下に属し、決死隊を編成していまして、その位置は、マカラカル島の南東端の砂浜から、西方に三十メートルの地点、百四号高地の東側にある、かなり広い区域の椰子林の中で、そこが高垣小隊の宿営地でした……」

林「椰子林のなかにある、島民家屋を使用していました。家屋といっても、ニッパハウスでして……」

「ああ、あの、柱が四本だけあって、屋根に木の葉をのっけた、島民手づくりの掘立小屋ですね……」

その本拠からはガラゴン島が手に取るように眺望できたというから、その右手南西十三キロの海上には、ペリリュー島が横たわって見えたはずだ、と私は思った。

藤川「百四号高地は、この島の最高峰でして、北方を見ればお天気の日には、パラオ本島アイライにある無線塔が眺望できました。南はガラゴン島が眼下に見おろせました。ここには監視哨がありまして、ペリリュー島の情報は、ここから遠望したものが、もっとも

マカラカル島で最も高い山(写真の中央部分)に日本軍の監視哨があり、ここからペリリュー島が一望の下に見わたせた。

正確でした」

参謀の激しい言葉をぐっとのみ込んだ少尉は、島伝いにウルクダーブル島をへて、マカラカルの小隊拠点にもどると、『半井兵長はまだもどらんか？』と、案ずるように聞いていたという。その翌日のことだ、少尉にとって運命の日が訪れた。伝令が一通の電報を、高垣少尉に差し出した。これこそパラオ集団司令部からの〝ガラゴン島斬り込み命令〟であった。高垣少尉の胸中に去来したものは何か。ただ武人の本懐を遂げる好機、いまわが掌中に到る――であったにちがいない。

ときに昭和十九年十一月六日、その日もまさに暮れなんとする南国の強烈な陽光は、はるか海上に落下しつつあるころである。高垣少尉は、その表情にかすかな緊張を残してはいたものの、挙動は常にまして毅然として、小隊全員に集合を命じた。残光の射《さ》す椰子林のかすかな葉ずれの音は、突如、駆け足で集合する兵隊の足音に、忽然とかき消されてしまった。小隊の先任下士官である藤川伍長の号令がするどくひびき渡った。

「小隊長殿に頭ぁ――右」　「直れっ！」

高垣少尉はヤギひげを、静かになでおろした。ふだんとは別になんら変化の見られない態度であったが……りんとした声には、いつもとちがう何か言い知れぬ緊張が加わっていた。

藤川「その声を聞きましたとき、とつぜん、なにかある、なにかが起こるかも知れない、と予感がしました」

林「私もそう感じました……」

藤川「静かに立たれた少尉殿は、このように命令されました……。『みな、よく聞け！　わが小隊は明夜半、ガラゴン島に斬り込みを敢行する。ただいまから斬り込み決死隊員を編成する！』気合いのこもった、慎重な口調でしたよ。われわれにとって青天の霹靂《へきれき》の命令でしたね。少尉殿の太い低音の、キビキビした命令は、小隊員全員に強烈な感動をあたえました。そのはずです。それまでわれわれ小隊員は、『高垣小隊は逃亡小隊だ！　ママッ子扱いの小隊だ！』そのようなウワサを、耳にしない者はなかったからです。それから少尉殿は、編成表をとり出されました。小隊員全員、思わずカタズを呑んで緊張しました……。これはあとで聞いた話なのですが、小隊長殿は、パラオで参謀に会って帰隊してからというもの、何日かウナリつづけて編成表を作ったのだそうです。限られた人員を、だれとだれにすべきか、その人選に相当苦しまれたとのことです。無理もありません。この人選こそ、ガラゴン斬り込みの成功、不成功を左右するからでしょう。少尉殿は、じつに冷静沈着な方でした。ただ斬り込んで死ねばよい、と自暴自棄になることなく、まずなんとしてもガラゴン斬り込みを成功させようと決意し、綿密に人選、作戦を練られたのでした。米軍舟艇と艦船が取り囲む、米軍に占領され、すでに飛行場までつくられた、あのガラゴンにですよ、少数で斬り込もうというんです。じつに気力といいましょうか、胆力といいましょうか、勇敢な方だったのです。あの方は十四師団随一の〝名将〟です！」

これまでに何度も耳にした、高垣少尉の実力賞讃が、またまた藤川さんによって聞かされた。少尉はよほど人望のある隊長だったのだろう。

「藤川さん、斬り込み編成の発表を、早く話して下さい！」

私は待ちきれず催促をした。この人選こそ、爾後《じご》の斬り込みを決定的にする、大きな勝負の要因として考えられるからであった。ましてや少尉が熟慮したと聞く、その人選を知れば、これから敢行する斬り込みの戦法の手腕が、戦略が、発表の瞬間にある程度、予想が立つ。好奇心が私を駆りたてていた。藤川さんはそのとき、高垣少尉が発表したと同じような気持になっていたらしい。少し胸を張ってさらに緊張を加えると、

「『斬込隊には小隊全員を参加させたいが……命令の内容が少数精鋭による決行、となっている。小部隊でないと、成功は困難であるからだ！』

ここまで少尉殿が言い放ったとき、ペリリュー島の方向の上空に、照明弾が光り出した。青白い不気味な光線が広がる中に、水戸歩兵の本陣である大山陣地あたりと思われるところから、数条の黒煙が、天を衝くように立ちのぼるのが見えました。そして、かすかに響く銃声と迫撃砲の炸裂音が、にぶく聞こえはじめました。残存する守備隊員が、夜を待ってしゃにむに、米軍陣地に、夜襲をかけはじめたのでしょう。ペリリュー島守備隊の持久戦を想い起こさせ、全員緊張しました。少尉殿は、『いいか、よく聞け！』と、注目をうながして一同を見渡しました」

孤島ガラゴンの太陽

藤川さんの話はいよいよ本題に入った。かれはきびしい顔つきをくずさずにつづけた。

「『斬込隊の第一班！　吉田松雄伍長、山本恒二兵長！』」

話される藤川さんには、高垣少尉の霊が乗り移っているように、私には感じられてならない。

藤川さんはさらにつづけて、調子をつけるように語りつがれる。

「『第二班！　藤原正義伍長、高田孝一兵長、井上三郎上等兵！

第三班！　藤川義夫伍長、西山太一上等兵！

半井信一兵長は小隊長伝令となり、おれと共に行動せよ！　以上小隊長以下九名が決死の斬り込みをする！』

凛《りん》とした声による命令でした。小隊長は、そのあと一息入れてから、つづけられました。

『林勇伍長は、小隊長代理として当地に残留せよ！　残留者は林伍長の命令を、おれの命令と思ってよく守るのだぞ！』こうして決死の斬込隊の編成は下達され、決定したのですが、小隊長殿が最初、小部隊と前置きしましたので、高垣小隊の半数ぐらいは選抜されると思いましたのに、意外に少人数なので、内心、おどろきました。いずれにしましても、小隊全員は、一度、高垣小隊長に助けられた恩義があります。軍の無謀な命令通り、あのペリリュー島に逆上陸していましたら、ペリリュー島に上陸する前に、小隊は全員海上で玉砕の運命を持っていました。それだけにできうれば小隊全員で行きたい、という願いもありました。しかし、決死隊ですから、生還はまったくのぞめません。そういう情況がわかると、死にたくないというのが、人間本来の欲望でしょう。ですから、この決死隊編成の発表は、生か死かの重大な問題でしたので、緊張した一瞬でした」

「藤川さん、選抜された者は、いずれも戦闘を体験したことがあるんでしょうね……」

「はい。その面々は支那大陸で戦闘をつづけ死線を越えて、苦労した、いわば歴戦の勇士ばかりです」

藤川さんからは、私が予想した通りの答が返ってきた。そもそも戦場における厳しい掟とは、〝殺《や》らなければ殺られてしまう〟この一言につきる。実戦体験者の強さは、死と対面した時に、より冷静になれることだ。少なくとも戦場に初めて出た初年兵が、恐怖のあまり発狂してしまうような状態に直面しても、ひるむことはない。彼らとて最初はそうであったかも知れないが、兵士にかり立てられた市井の人間が、戦闘によって生じる極限状態の中に、いやおうなしに放り込まれ、戦争とは、戦闘とは、戦死とは、とその本質を目撃し、実感として、いちど肌身にそれを感じると、たとえようもないほどの恐怖を体験する。こうして自らが戦場心理とはなんなのかを自覚し、死を怖《おそ》れるようになるのだ。戦場においては、死を怖れれば怖れるほど、死に追いかけられる。兵士はこの恐怖と闘いながら、いつしかそれを超える。そして、歴戦の勇士となった兵が、〝死を怖れる〟というのは、むざむざと死なないための〝死〟を怖れるようになるのだ。これは玉砕戦闘に参加して、重傷を負い、重ねて致命傷を負ったとき、絶望のあまり、自決を三度くりかえしたが、ついに死を求められなかったという私の体験なのだが、死とは、あらゆる死の条件が揃わなければ、自ら求めても絶対に死ねないということであり、同時に人間とは、天の介在によって生かされているという原点を知ることになるのであるが、それにしても、度々恐怖し絶望するときこそ、沈着と平静さをもっとも必要とし、平常心あってこそ大勇を振るいうることを自ら悟るようになる。そうした戦場体験のくりかえしの中における。〝死〟こそが、意義ある戦死といえるものであることを、戦場の恐怖の中で少しずつ知っていくものなのだ。こうした、それぞれ貴重な体験を持つ者を、この斬り込みの一戦に活《い》かそうとした少尉の人選は、まことに的確であったといえる。

　藤川「編成の中に加えられたときは緊張しましたね。責任が重いぞ！　それから恐怖感でいっぱいになりました。帰れない、と言うより、生きられない可能性の方が強いんですからね。ですけど、高垣小隊長殿となら安心だ、という自信もありましたよ……」

　林「あのときでしたね、小隊長殿がとっておきの煙草を、分けてくれました……」

井上「あれは、鵬翼という煙草じゃなかったですか？　あのときの煙草の味は、忘れられませんね」

藤川「『斬り込み決行は、明夜七日の夜半とす。今晩は、みなよく眠るように！』隊長殿はそう言われましたね。しかし、その夜は、戦死か生還かが気になって一睡もできませんでした。翌日七日になって、私は心の整理をしようと、肌身離さず持っていた両親の写真と、軍隊手帳や財布を一まとめに埋めるため、土を掘っていました。すると、ここにいます半井と藤原がやって来ましてね。同じように品物を埋めるためでしたが、『藤川、これで思い残すことはないな。安心して行けるな！』と語りかけました。私は、『ああ、極楽浄土へな』と言って、三人で顔を見合わせて敢闘を誓い合っていますと、いつのまに近づいたのか、高垣少尉殿が、私たちを静かに見守るように立っていました。私の脳裏には、あのときの少尉殿の緊張した中にも晴やかな心の中が見えるような表情が、焼きついたように残っています。

天候の回復を願っていた七日も風雨が強く、斬り込み決行は翌八日に変更されました。焦燥の続くいやな一日でしたが、これで、一日シャバの空気が、よぶんに吸えたとも思いました。少尉殿は、その風雨の中で、私たちに、眼下に見えるガラゴン島を指さして、綿密な作戦の指示を与えていました。私たち斬込隊の行動は、あくまで夜間に限られているので、かずかずの難問をかかえていました。たとえ一時は守備し、滞在したことのあるというガラゴン島ではあっても、その後、米軍の占領によって、どのように変貌をとげているかしれない。すでに飛行場が完成していることは判明していましたし、十一月四日には、火砲数門を持つ

高垣小隊の本拠地マカラカル島。同島の写真右端裏側に小隊員たちが起居を共にし、ここからガラゴン島へ斬りこんだ。

一個中隊の強力な部隊がガラゴン島に上陸し、島の周囲には、水陸両用装甲車と、駆潜艇数隻を配置して、陣地と桟橋を構築していることも知っていましたが、それ以後、米軍が何個大隊を上陸させているかは、予想もつきません。しかし、記憶力の旺盛な小隊長のことですから、ガラゴンの全貌とその後の変化は、だれよりも確かに掌握していることを考えれば、なによりも力強く感じました。

結局、七日の夜半も風雨はやまず、さらに延期されてゆくことは、それだけ米軍の備えが強固になって行くことを意味していました。われわれは、ただ斬り込みの成功を祈って、全力投入するしか、ほかにはなにも考えませんでした。いよいよ八日です。そのときはさしもの風もおさまり、波も静かでした。半弦の月が鋭く輝いて、南十字星が大きくまたたいているように見える夜でした……」

いままで沈黙しがちであった林さんが、このとき口をひらいた。それまで自分は残留者だったから、ほかの三人に充分に話をさせようという配慮があったのだろう。

「そのときなんです。私が小隊長より特命をいただきましたのは……小隊長は、私に向かって、『十日の夜半、イカダをもって水泳の達者な者を二名、かならず迎えに出すように、場所はガラゴン島北西二十メートルの地点にある浅瀬』と指定されたのです。私はおどろきましたね。小隊長は、かならずだぞ、と重ねて念を押すんです。米軍の一個中隊といえば、約二百四十人なんですよ。九対二百四十の戦闘なのです。われわれ決死隊は、小隊長殿以下わずか九名なのです。約三十倍の敵と戦闘してかならず成功させて帰ってくる、という固い信念を持っていたのですね。じつに堂々たるもんです。

私たち残留者が、高垣少尉殿をはじめ、斬込隊のみなさんを見送るために海岸に集合しましたとき、それは感動的でした。

『長いことご苦労様……。後をたのむぞ——』と言われる小隊長殿の声にこたえて、『小隊長殿、ご成功祈ります。かならず帰って来て下さい……』あの瞬間、涙がとめどもなく出まして、——征《ゆ》く者、残る者、無言のまま別れを惜しみました。——」

半井「そうそう思い出しました。私がようやくのことで坂本大尉から食糧を受領して、帰島したときは、出発準備が完了していたころでした。少尉殿は私たちの舟艇が、帰島するのを待っておられたのです。原地召集兵沖縄県出身の大城二等兵を漕ぎ手とし、小隊長以下九名がガラゴン島斬り込みに出発しようとしたのは、その夜九時を過ぎていました。九時半ごろでしたね」

井上「私は斬込隊がもっとも頼みとした軽機関銃をしっかりと抱いて、息子にものを言うように、〝おい、たのむぞ！　しっかり働くのだよ！〟と言いきかせて、折り畳み舟艇に乗り込みました」

私はこれまでに、飯田大隊逆上陸の実相を、現地において調査した関係上、あのあたりのパラオの海底は環礁の突起がとても多く、ほんの限られた水路しか、舟艇は通過できないことを知っていた。それだけにこの斬込隊の暗夜の航行が気になった。

「半井さん、出発点から、どんなふうに舟艇を進めましたか？」

「はい、まず舟艇の出発点を、椰子林の東の砂浜にしまして、マカラカル島の岸伝いに大きく迂回すれば、デンギスの浅瀬がつづいています。その中間にデンギス水道が、黒い一本のスジのように見えます。この水道はペリリュー島のガルコロ波止場までつづいているのですが、とにかく浅瀬まできますと、ガラゴン島は正面にあるはずなのです。ですから、デンギス水道を横断して、約百十メートル行った地点にさしかかると、そこは特別浅くなっていまず。三坪ぐらいの陸地があるんですよ。そして、そこには有難いことに、直径三十センチぐらいの紅紫檀《したん》の木がはえています。そこまで行くことさえできたら、八十メートルほど浅瀬を歩くと、そこがガラゴン島なのです」

彼は自信ありげにそう答えていた。

「では、斬り込みのときも、半井さんのおっしゃる通り行かれたのですか？」

「はい、話のうえではこのように簡単なのですが、実際にはなかなかそうは行きません。まして夜ですから、なにも見えません。自分の六感にたよるほか何もありませんよ。ちょっと勘が狂うと、舟艇は坐礁してしまいます。だが、あのとき、私たちはついていたんですね。運よく米軍に見つからずに、その浅瀬につくことができたのです」

「半井さん、九時半にマカラカル島に出発されて、紅紫檀のあるリーフに到着したのは、何時ごろでしたか？」

「はい、たしか……午後十二時ごろでした」

「それから、どうしました？」

藤川「闇の中にガラゴン島が蛇のように、南北に横たわっていて、なんとなくぶきみでした。そこから遠浅に砂浜がつづき、われわれは徒歩でガラゴンの岸に直行しました」

井上「軽機関銃を海水に濡らさないように気をつかって、頭上に捧げるようにして進みましたが、だんだん深くなって歩きにくくて困りましたよ。水音を立てると、米軍に発見されてしまうし、できるかぎり静かに、しかも早く歩きたい一心でしょう……」

藤川「最初は膝の深さだったのが、腰までつかり、こんどは胸まで浸りますと、潮の流れに体が押し流されそうになって、足が海底につかないんです。少尉殿に遅れたら大変だ、と夢中で海中をもがきましたね——」

半井「爆薬を濡らしたら不発になるでしょう。不発になったら戦果はあげられない。そう思って緊張すると、海底の岩につまずいて、ヨロヨロッと倒れそうになるんです。雑嚢《ざつのう》に入れてある手榴弾が、歩くたびコツコツと音を立てるし……。暗夜、海中で金属音を耳にするのは、いやなもんですね。小隊長殿が先頭を歩きながら、ときどき私たちをかばうように振り返って、掌握してくれましたので心強かったですよ——。約八十メートルのところを、ビクツキながら辿《など》りついたんです」
「どのあたりに上陸したのですか？」
藤川「ガラゴン島北西海岸の中央付近でした。海岸にはジャングルがあって、そのかげにひそむように集まりました」
半井「大きな蚊が集まってきて、身体中をチクチク刺しやがって、困りましたね。あのときは……。小隊長殿が、『全員ぶじでよかった。もう一度、各自、時計の時間を確認する。ただいま、零時だ。よいな！』と言われましたが、小隊長殿は落ち着いていましたね。だが、私は、いやこの三人はみな同じだったと思いますが、なにか震えが止まりませんでした。海水に浸って冷えたんではないんです。この島に、現に米軍がいるんだ。その敵と、これから一戦をまじえるのだ、と思うと、その瞬間から恐ろしさに取りつかれてしまったのです」
藤川「小隊長殿が、『よいか、おれの後につづけ。できるだけ静かに！　これから島の中央にある椰子林に行く。その付近にジャングルがあったはずだ。そこを、われわれの集合地にする』と指示されました。私たちは隊長の後を離れぬよう、島の中央に進みました……」
私は、この話を聞きながら手に汗をにぎったまま、心の中はしだいにじりじりしてきた。
「いよいよ斬り込む準備が終わりましたね。みなさんどんなふうに斬り込んだのですか？」
藤川「小隊長殿と半井が、最初に敵状偵察に出かけました。二人が帰ってきたのが、一時半ごろだったと思います」

半井「高垣隊長殿と私は、敵の本拠がどこにあるのか、深夜だから、歩哨だけ残って、宿営所で、敵さんは高いびきをかいていると予想する。その地点を偵察する目的で出発したのです。隊長殿は参謀からの指示もくわえて、ご自分でも敵状を、あらかじめくわしく調査していましたので、自信があったようでした。『半井兵長！　俺の後を離れるな！　敵の宿営地を探すのだ！』『はい、隊長殿！』半弦の月が鋭い鎌形に見えました。大きな蚊がつきまとって、憎たらしかった。私は敵中斥候の危機のことより、かならず米軍のいる場所を探し当てねばならない、という責任を感じて、全身の血までが勇んでいるように感じました。それから海岸に近づきました。忍者のように身をかがめ、伏せ、駆け、匍匐《ほふく》して夢中でした。海岸は内海側で、ペリリュー島の見える方でした。正しい言い方をすれば、ガラゴン島中央南端というんでしょうか。背の高い米兵がたしかにいました。大地に平蜘蛛のように伏せて、その米兵を偵察しつづけました。米兵が動哨をはじめました。銃を肩にかけて大股で、ざく、ざく、ざくと砂を踏んで、あたりをキョロキョロしています。動哨の距離は三十メートルぐらいでした。よく見るともう一人の米兵が、自動小銃をもって同じようにいるではありませんか。二人哨でしたよ。私たちが伏せている眼の前を通りすぎました。少尉殿と一緒に、しばらく二人哨の動勢をさぐっていました。ここで二人は、椰子の葉で屋根を完全に擬装した宿舎を、やっと発見したんです。『よし！　こんなところにあったのか。半井！　ここをよく覚えておけ……』と言うが早いか、隊長殿は、『半井、静かに匍匐せよ！』と言い放ち、猿《ましら》のようにつぎの拠点の偵察に移動しました。今度は反対側の外海の、波の荒い方向に向かいました。途中、島の中央に南北にかけて、新たに米軍のつくった滑走路を発見し、これを横断。さらに前進しますと、海岸線に突き当たりました。ここには、米軍がこの島を占領した直後につくりあげた、鉄製の桟橋が浮いていました。米兵が何人か動いておりました。この浮《うき》桟橋こそ、出発以前に指示されていた爆発紛砕の目的物の一つだったのです。そのころ、水平線の部分が、いくぶん白みを帯びて、黎明の近づきを知らせていました。小隊長殿は、『半井、これでよい。偵察は十分にできた。集合地にもどろう!』といわれました。

集合地にもどると、さっそく二人の帰るのを心配して待っていた七人の斬り込み隊員に、一班、二班、三班とそれぞれ攻撃目標を具体的に示し、斬り込み決行は黎明期の午前五時を期していっせいに行ない、決行後、もしも生命《いのち》長らいだらふたたび現在地に集合せよ、と命令されたのです。いよいよ決死の斬り込み敢行です。

高垣小隊長殿は、おもむろに拳銃を抜くとサックを地面に置き、ピストルを腰にたばさんで、つづいて高垣家先祖伝来の無銘だが立派な古刀を仕込んだ二尺余の軍刀を抜き払うと、鞘を捨てるように置いた。ふたたび生還を望まなかったのでしょう。私は小銃と手榴弾五個、長さ五十センチ、直径十センチの竹筒に黄色火薬をつめ込んだ爆薬物に、七秒の雷管をつけた強力な爆薬筒を、携行しました。私は小隊長とともに、米軍の宿営地にある宿舎を、米兵もろとも吹き飛ばすことが目的でした」

「藤川さん、あなたの攻撃目標は……」

「はい、私は西川上等兵と二人、別の宿舎を攻撃、爆破の命令を受けました。東南海岸には米軍のつくった幕舎が、四ヵ所あったのです。各組それぞれの目標が与えられました。

いよいよ斬り込み出発の直前、高垣小隊長殿は、『各組の成功を祈る。日本男児として立派に戦うのだ。われわれがいかに祖国を愛しているか。日本軍人の持つ大和魂を、十分に米兵に見せてやるのだ！　よいな、では、各組とも出発！』

斬込隊は、こうして風のように四散して行ったのです」

「半井さん、あなたは高垣隊長と二人で組んで、どのように斬り込んだのですか……」

「はい、さきほど小隊長殿と偵察したと話しましたね、その椰子の葉で擬装した米軍宿舎を狙ったのです……。〝虎穴に入らずんば虎児を得ず〟その言葉通りの心境でしたよ。集結地を出発、先刻、動哨していた米兵の宿営地点まで、隠密に直行しました。抜き身の軍刀を引っさげた小隊長殿が、少年時代、宇都宮県立商業の剣道部で鍛えあげた腕前で敵の歩哨を叩き切ろうとして、ウズウズしながら盛んにその隙《すき》を伺いはじめたのです。剣道で鍛えた人は沈着で剛胆ですね。そして、頭が緻密なのには驚きました。剣道は平常心を養うといいますが、ほんとうなんですね。私はハラハラして小隊長殿を見守りました。緊張した一瞬でしたよ。歩哨が一人なら、簡単に殺《や》れたのですが、ほかの一人に騒がれては元も子もなくなるでしょう。結局、海岸を回って、歩哨の隙を狙って米軍の宿舎へと近づきました。宿舎は海岸を背にして、入口が島の中央に向かっています。その入口を中心に、歩哨が動哨しているんです。近寄ってみると、宿舎の壁は、島の黒い岩石を積みあげたもので、防弾壁も兼ねていました。小隊長殿は入口と反対側の壁石の一コを、音もなく静かに引き抜くと、『ここに爆

昭和19年９月、ペリリュー島で、バリーケードにかこまれた建物の中の日本軍守備隊に攻撃を加える米海兵隊第１師団。

薬を差し込め！』と無言で指さしました。壁石が取り除かれて、ポッカリあいた穴の向こうには、米兵の一群が寝ているのが見えます。私はすばやく爆薬筒をさし込むと、このときとばかり爆薬筒の信管を強く叩きました。あと七秒すれば、宿舎と米兵が跡方もなく吹っ飛んでしまう。信管が発火し、雷管が黄色薬に火を誘導して行く……。絶好の機会をとらえたのです。ところが、信管の叩き方が弱かったのか、発火しないのです。驚いた私は、さらに強く、信管を叩きました。だが、まだ発火しません。

〝こりゃ、いかん。不発だ！〟と思って、三度目は思い切って叩いたときでした。宿舎の中から喚き声が起こったんです……『ゲタアップ！ジャップ・カム・ヒアー』とかなんとか叫んだのか、かん高い声があたりに響きますと、動哨していた歩哨が、驚いて駆けよる気配がしました。パン、パン、パン少尉殿が米兵たちに向かって、射撃しはじめました。私はその激しい発射音に、急に戦闘意識を呼び起こし、不発の信管をあきらめて、とっさに手榴弾のピンを抜き、宿舎の中に叩き込みました。つづいてもう一発叩き込もうとしたときは、すでに宿舎内の米兵は裸のまま、悲鳴をあげて一人残らず、南海岸めざして飛び出していました。裸ではだしのまま一目散に逃げ出していく姿の、いや早いのなんの……。私は発火した三発目の手榴弾を、逃げて行く敵の頭上に向かって投擲《とうてき》すると、小隊長殿は拳銃の乱射をはじめ、私も遅れじと、夢中で小銃をかまえました。手榴弾はみごとに炸裂したのですが、惜しいことに逃げ足の早い敵の背後で、轟然と炸裂して、あたりの砂塵を吹き上げました。砂塵が消えると海中を、三十人ほどの米兵が先を争って水しぶきを上げて逃げるのが見えます。先頭の奴は泳ぎはじめていました。『半井、追うな、追ってはいかん！』小隊長の声に、カッカッとなっていた私は、海岸からもどったんです。そして、小隊長殿のあとに従って、おそるおそる米兵の宿舎の中に入りました。室内はあきらかに負傷者が続出した跡があって、どす黒い血が流れていました。二十数個ほどのベッドが散乱し、米海兵隊の白い毛布が、朱《あけ》にそまっていました。そこの寝室に隣接した室は、食堂となっていて、その左側の室は、われわれがかつて見たことのない衛生材料や薬品、通信機材、信号発信機等が、山のように置かれていました。いずれもわれわれにとって不足しているものです。さっそく二人して、隊長は衛生材料や薬品を、私は食糧と罐詰類を、それぞれ毛布に包みこんで、背負える限りの分捕品を手に入れると、意気ようようと集合地にもどったのです。いまから考えると、ほんの一瞬の襲撃ですが、いやぁ、私は無我夢中でした。だが、小隊長は、案外、落ち着いていられました。あんな若い年でしたのに……大変な指揮官でした」

「藤川さん、あなたの指揮した第三班は、どこを攻撃しましたか？」

藤川「私たちは、といっても西山上等兵と二人だけでしょう。小隊長殿と別れて心細くてしかたありません。でも、米兵の宿舎が近づくにつれ、不思議に度胸がすわってきました。二人の目標とする宿舎には、一個分隊ぐらいですから約十五、六人の米兵がいました。歩哨が立哨していて、なかなか近寄れません。歩哨の反対側に回って、打ち合わせた襲撃時間の五時まで待つ間の、いや長かったこと。なにがなんでも襲撃を成功させねばならない、と思うと、心臓の鼓動が全身にひびくのです。しかも私の腕時計が、海水につかってしまって、とまっていたので、攻撃時間がわからなくて気が気ではありません。まったく困りました……。だが、やがて高垣小隊長殿の襲撃した方向から炸裂音がしましたので、よし、五時だ！と思い、宿舎を爆破し、手榴弾二発を投げ込んで、一目散に撤退してきました。米兵の阿鼻叫喚、断末魔の声を後にして、やった！と喜びながら集合地にもどりました。二班の藤原伍長、高田兵長、一班の吉田伍長、山本兵長の各班とも、それぞれ四ヵ所の米軍宿舎を全部破壊し、米兵たちを追っぱらい、負傷させ、大成功でした」

半井「集合地に集まったわれわれは、私たちが運んできた分捕品の食糧で、全員朝食をとりながら、小休止をはじめたんですが、そのとき逃げ帰った米兵の報告を受けたのでしょう。武装した米軍が逆上陸をしてきていたのです。だが、われわれは、そのことに気がつかなかった、危ないとこでした。高田兵長は朝食が終わると、満腹になって眠くなってきた、と言いながら海岸に顔を洗いに行きましたが、まもなく顔色を変えてフッ飛んで帰りました。

『隊長殿、敵が上陸用舟艇で逆襲して来ます!』米軍の逆襲と聞いて肝をつぶすほど驚きました。これは一刻も早く退却しないと大変だと思いましたが、だれもがそう思ったのですが、小隊長は、『どこだ! 何隻だ!』と、軍刀をひっつかんで立ちあがると、『よし! おれのあとにつづけ! 米兵を全滅させるんだ!』召集兵の私から見れば弟としか思えない、あの若い小隊長殿のあのときの決断には驚きましたよ。私は、支那事変で何人もの将校につかえましたが、こんな立派な将校を見たことも、聞いたこともありませんでした。あの若さで、連隊長のような指揮をするんです。〝俺のあとにつづけ、米兵を全滅させるぞ〟その命令に引っ張られて、その気になって退却だろうと考えていた全員が、一瞬、逆転して攻撃に変わってしまったのです。

われわれは南海岸に向かって、一気に駆け出しました。すると、黎明時に襲撃した米軍宿舎の前方の海岸に、数隻の上陸舟艇が到着していて、その中の第一群が上陸をはじめているところでした。様子をうかがった小隊長は、われわれを滑走路の手前に散開させると、『射撃準備、目標前方の米兵!』と命令しました。われわれは散開して伏せると、銃の安全栓を解きました。『弾薬を無駄にするな! よく狙え! 米兵が滑走路上に姿をあらわしたら、一斉射撃をする! 一人も逃がすでないぞ!』隊長は右手に軍刀を、左手に拳銃を握って中腰になり、待ちかまえる姿勢をとりました。小隊長の予想通り、約一個小隊の米兵が、抜き足さし足、滑走路上に進んできた、そのときです。好機逸すべからずと、『撃て!』小隊長の裂帛《れっぱく》の気合いのこもった射撃命令が出る。同時に七名の小銃が火をはく。井上上等兵の軽機関銃はダダダダ……と快調に点射を始めました。ビックリ仰天した米兵は、戦うことはおろか我さきに背を向けて、逃げ出しました。われわれは夢中でその背後を狙い、このときとばかり撃ちまくったのです。井上の軽機関銃は、じつにみごとに火を吐きつづけましたよ。支那事変以来の名射手であるだけに、敵兵をバタバタと斃し、相当の死傷者を出しました。米軍は死体を残したまま、舟艇に飛び乗って、生命からがら海上に逃げて行ってしまいました。小隊長の的確な指導によって、われわれは、この戦場に自ら虎穴を掘ることなく、強力な敵を撃破することができたのです。そのときも隊長殿は、『深追いするナ！』と、われわれに注意したのです。すぐさま私たちはガラゴン島の南西突端に集結して、逃走する米軍に向かって勝鬨《かちどき》をあげました。われわれは銃を天空に、小隊長は軍刀を天空に高く差し上げて、思うぞんぶん大音声を張り上げて『万歳！』をやりました。いや、なんとも言えん気持でした。全員がぶじであっただけに、嬉しかったですよ。われわれが勝鬨を上げたところは、マカラカル島の監視哨から、手にとるように見える位置なんです。ちょうどそのとき監視哨には、戦闘指導にパラオからやって来ていたあのにくたらしい○○参謀と、この周辺の監視哨隊長の小久保大尉が、われわれ小隊の行動の一部始終を見ていたのだそうです。かつて高垣少尉に対し、『お前はペリリュー島で死ぬべきだ！』と罵倒した、あの○○参謀がこの壮挙を、どう感じたでしょうか？　高垣少尉殿のほんとうの心と姿を見て、舌を巻き、驚き、涙を流してわがことのように喜んだと後で聞きましたが、軍隊とは、一面、じつにかってな所ですね。〝勝てば官軍、負ければ賊軍〟——まさに高級将校とは、なんとかってな奴らだろうと思いますよ。

だが、それにしても、高垣小隊長殿はじつに度胸がよいというか、胆玉が太いというべきか、いま考えても感心するんですが、米軍の艦船や駆潜艇が、十数隻も見ているところで、勝鬨をあげ気勢をあげたんですからね。主従一体となって柔よく剛を制したのですよ。こんなこと、どこの戦線でもやった人はいないのですよ。第二次大戦の初期で日本軍の優勢のころとちがって、戦局は敗戦に近づいていたころなのです。おそらく太平洋戦争では、最初で最後でしょうね……。

われわれは、再度、集結地に引き返しました。まったく無傷のわれわれ隊員を見とどけた小隊長は、大変よろこばれました。だが、たがいにぶじを祝ったのも、ほんのつかの間でした。また南部海岸が騒がしいのに気づいたのです。こんどは完全武装した米軍が、大挙して上陸してきたのです。あのときは、胆をつぶさんばかりに驚きましたね」

藤川「われわれが少人数だということを、知っているように、米兵は上陸するなり自動小銃を腰だめにして、射撃しながら進んでくるんです。こんどは強力な奴らだ、と感じました。敵弾がビュッビュッとうなって、頭上に飛びかい、われわれをその位置に釘づけにしました。多勢に無勢、われわれには軽機一梃と小銃しかありません。ただ闘魂をもって戦うより仕方なかった。弾薬の持てるかぎりを撃ちつくしたら、敵中に突っ込んで米兵を芋ざしにしてからでないと死ねない、と糞度胸をすえました。加えてあの剛胆な小隊長殿がついていると思うと心強いのです。敵と真っ向から対決すると、不思議に落ち着いちゃうんですね。あれが死線を超えた、という奴でしょう。小隊長が軍刀をかざして〝あの敵を撃て!〟〝あそこだ〟〝ここだ〟と的確に指揮するんです。とにかく夢中で応戦しました。井上の機関銃が、盛んに火を吐いていました。私も夢中で撃ちました。〝一人でも多く殺してやれ!〟ただ殺意だけが激しく働くのです。おそろしいことです。あれが戦争の本質でしょうね。

昭和19年９月、ペリリュー島での戦闘の後、傷ついて戦友の介抱をうける米兵。左端にも、足を負傷した米兵が見える。

井上「見上げるように大きい米兵が、自動小銃を小脇に連続射撃しながら血相変えて近接してくるのです。彼らの撃つ弾は、頭上を雨のように飛んできます。敵は大軍のように見えました。ところが味方ときたら、小隊長以下わずか九名でしょう。この防御戦は何といっても心細かったですね。私の軽機銃だけが、ただ一つの兵器なんですよ。私は重大な責任を感じました。とにかく一発必中とか、命中させようとか考える余裕もへったくれもありません。無我夢中で連射しました。幸い弾薬は十分に持っていました。これを撃ちつくしたら、最後のご奉公になる。あとは腰の短剣で米兵と刺しちがえてやろうと、必死になっていました。

私が無我夢中で射撃していたときでした。かたわらで戦っていた藤原伍長が、弾薬がつきて私のところにはい寄って来ました。私は藤原に弾薬を補充してやったのですが、そのときの彼の胸部から、真っ赤な血が流れ出しているのを目撃しました。重傷のようです。しかし、そのわりには、元気に動いていました。私は気にはなったのですが、自分のことでいっぱいです。彼にかかわりあっている心の余裕がありませんでした。

そうこうしているうちに、米軍はわれわれの防御に手を焼いたのか、撤退をはじめました。私は急いで藤原伍長のそばにいって、彼の胸部の傷を見て驚きました。なんと米軍の自動小銃弾が、幾発も胸から背中へと貫通しており、どす黒い血がいっぱい噴き出しているのです。普通のものなら即死だったのでしょうが、闘魂旺盛といいましょうか、不屈の精神力が支えたといいましょうか、『いま斃《たお》れる時ではない』と、必死で射撃をつづけていたものとみえます。〝鬼神も哭《な》く〟と言うのを聞きますが、彼のような男を指して言うのだと思いますね。闘いつきた藤原伍長は、歯を喰いしばって、苦痛をこらえているようでした。

私は小隊長に軽機を預けますと、もうふたたび自力では立ち上がれなくなっている藤原を背負いました。何とか助けたい一心でした。できれば、マカラカル島につれて帰り、手厚い手当をしてやらなければと思ったのです。

ところが、私の背中で、藤原伍長は、『畜生、アメ公!』『アメ公の奴!』と盛んにわめき、猛烈に身体を動かしてあばれるんですね。苦しさに耐えられなかったものとみえます。

意識が混濁していて、あまりにもあばれるので、私は足がふらついて歩けないんですよ。見るに見かねた小隊長が、『よし、おれが背負うから、お前は軽機を持て』と言って、交代してくれました。藤原は小隊長の背中にうつってからは、しだいに声も細くなり、静かになりました。気を失ったのでしょう。死の状態のまま、死線を彷徨していたのですね。

そのうちに、海上に遊弋している米軍の艦艇から、激しい砲撃がはじまりました。われわれは小隊長の的確な命令によって単独行動になりました。あの艦砲の砲撃下に固まって行動していたら、全員、粉みじんに吹っ飛んでしまいます。

マカラカル島に帰ってから、『藤原伍長は、あの夜、息を引きとったので、ねんごろに弔《とむら》ってきた……』と小隊長から聞かされました。藤原は死力をつくして戦った。しかも、小隊長みずからが傷ついた彼を背負い、そして、その手でねんごろに葬られて、藤原は本望だったことだろうと考えながら、私の背で、『畜生！　畜生！』とわめき、消えようとしている生命の灯に、精いっぱい抵抗していた、あの藤原の最後の訴えを、涙せずに思い出すことは不可能でした。

それにしても小隊長が、あの日の、極限状態のガラゴン島で、自分自身が砲火にさらされていて、なお重傷の部下を背負いつづけられたことを思いますと……」

と井上さんは、そこまで語ると急に絶句してしまった。

すると、このとき藤川さんが〝助け舟〟を出すように喋《しゃべ》りはじめた。

「激しい戦闘は夕方までつづきました。日が落ちると、米軍は潮が引くように撤退して行きました。そして、舟艇に引きあげを終えると、いちもくさんに海上に去っていったのです。案ずるより生むがやすい、と言いたいのですが、じつは正直、よく勝てた、神仏の加護にこのときほど感謝したことはありませんでした。だが、この戦闘で藤原伍長戦死、吉田伍長、半井兵長、山本兵長負傷、私も負傷しました。敵も相当の負傷を出した模様でした。幾人もの負傷者を背負って、舟艇に乗りこむ姿が見えましたが、最後の一人が乗り終えるやいなや、島の周囲を取り囲んでいる十数隻の駆潜艇から島に向かって、いっせい砲撃がはじまったのです。あちこちに落ちる砲弾の炸裂音を聞きながら、小隊長殿は、『予定の砲撃だ。砲撃は長くつづくだろう。各自、安全な場所を探して退避しろ！　早く！　死ぬなよ、絶対に！』と言われました。それからは、それぞれ単身行動に移りました。報復砲撃のすさまじかったこと、島が割れてしまうような砲撃なのですよ！　その夜の砲撃は、デンギス水道を警戒していた、駆潜艇二隻からのいっせい射撃だったのです。ひとしきり、砲撃がやんだなと思うと、こんどは夜間爆撃と銃撃、加えてガラゴン島を取り巻いた十数隻の駆潜艇からも、砲撃がつづきました。連続して一晩中、島がバラバラに割れて、沈んでしまうんじゃないかと思うほど、激しい砲撃でしたよ。しかもそれが、翌日の十日になってもやまず、われわれは徹底的に砲撃されたのです。こんなに激しくちゃ、全員吹っ飛ばされてしまったんじゃないだろうか、としか考えられないほどでした。やはり吉田伍長が戦死、そして、半井が二度目の負傷をしました」

井上「十日の早朝より、米軍機が三十機、艦爆機が六機、『ペリリュー飛行隊の全機は、その日ペリリュー島攻撃を中止して、全力をあげてガラゴンを空襲……』と、あなたの書かれた『玉砕』の中にありましたように、まったくその通りだったのです。私はそのとき、ジャングルの中に潜んでいました。すると、黒いカラスが天を覆いつくしたように、米軍機の奴が飛んできて、バカバカと爆弾を投下するんですよ。木の葉がメチャメチャにちぎれて降ってきて、私の身体は木の葉に埋まってしまいました」

ペリリュー島山腹の日本軍守備隊に猛爆撃をくわえる米戦闘機ボートＦ４Ｕコルセア。大きな爆弾搭載量を持っていた。

井上さんの話を聞きながら私は、ああ井上さんは、九日と十日とをとりちがえているなと思っていた。しかし、反面かんがえれば、記憶があやふやなのも無理ないことだったのだ。なにしろ敵は、たった九人の日本軍に向かって、記憶もふっとんでしまうほどの、なんとももののすごい量の弾丸を射ちこんできたからであった。

藤川「私はそのとき、負傷していて動けませんでした。いつのまにか半井兵長と山本兵長の三人は、海岸線のジャングルの中に一緒にいたのです。半井は左腕と左脇腹、そのうえ背中も腰も負傷という有様で重態でした。山本兵長は大腿部を貫通されていて、やはり動けなかった。三人とも負傷したうえ、六日からずっと寝ていませんので、泥のような眠りに落ちこんでいました。そんな無防備の状態の三人が、ぶじだったんですから不思議です。きっと米軍の飛行士も、艦砲の射手も、日本軍の斬込隊は、島の中央のほうにいる、とばかり思いこんでいたのじゃないですか。私たちがもしも海岸線にいなければ、木端《こっぱ》ミジンに吹っ飛ばされていたことでしょう。なにしろ数百トンの弾丸と、爆弾をガラゴン島に、バラ撒《ま》いたというんですからね……」

私もかれらと同様に、この三人の重傷者の運命を、奇蹟とも不思議とも思っていた。私もかつて体験した〝人間とはなかなか死ねないものである。死ぬためのすべての条件が、揃わない限りは〟と、心の中でうなずくように、そのことを思い出していた。

「高垣小隊長は、そのとき、どこにどうしておられたのですか？」

藤川「藤原伍長、吉田伍長が戦死、そして負傷者はわれわれ三人ですよね、九日の夜半には、小隊長は二人の戦死は確認しておられたようです。負傷したわれわれ三人のことは、マカラカル島に帰島した、と想われたんではないでしょうか。私の記憶するところでは、十日ごろの夜半、井上上等兵、高田兵長、西山上等兵がマカラカル島に帰島、そしてその後、高垣少尉殿も帰島された、と聞いたように思います」

林「私は残留していましたので、みなさんが帰って来られた状態は、たしかにそうだったと思います。十日の夜半に井上上等兵、高田兵長、西山上等兵の三人が帰ったと思います。

そしてその日の夜明けのことです。午前五時ごろでしたかね。海岸で大声で呼んでいるのを、私が聞きつけて行ってみますと、それが高垣少尉殿だったのです。軍服はずたずたになり、まるでどぶ鼠のような恰好でしたが、疲労されたようすは見えず、お元気でした。ぶじを喜ぶ私に向かって、

『十名足らずの部下を、思うように指揮できなかった。戦闘とはむずかしいものだ……』

と洩らされました。いまもその声は、耳の底に残っています……」

その時点における少尉の行動が、三人の話だけでははっきりしないので、私が調査したことを総合すると、おおむね左のようであった。

夜に入ってから、あらかじめ集結を命じてあった北海岸に行ったが、高田伍長と井上上等兵の両名しか集結していなかったので、二人をマカラカル島へ報告のために先に帰還させ、自らは単身で、部下の安否を確認のために全島を捜索されたのである。しかし、吉田伍長の戦死を確認しただけで、他の者とは遭遇できず、いったん夜明けにマカラカル島に帰り、舟艇によって十日、十一日とガラゴン島を再捜索したのであった。私はこれには深く感激、頭をたれざるを得なかった。部下を捜して三日間、砲撃下のガラゴン島を捜索するとは、なみたいていのことではないからだ。とうじの日本軍の司令官をはじめ参謀や全将校が、高垣少尉のように愛情と誠意を持って部下を掌握し統率していたならば、だれが軍隊を誹謗《ひぼう》するだろうかと思うのである。だが、実際には、高垣少尉のような名指揮官はめったにいなかったと言ってよい。

四人の遠来の勇士と私との対話は、このようにすでに佳境に入っていた。初対面のときからすると、四人の表情も、かもし出される雰囲気も、すっかりちがったものに変化していた。最初は必要以上に、と私には思われるほど慎重であったかれらの話し方は、いつのまにやら砕け去っていて、過去にのめり込んだ四人の話は、尽きるということを知らなかった、つぎつぎと浮かび上がり、湧いてくる戦場の記憶に興奮しながら、とうじの戦況をより完全に組み立てようとしていた。

＊

私にとっても、かつての当事者の口から、それも四人それぞれの口から、高垣少尉にスポットをあてながら、熾烈《しれつ》な戦闘の実態をうきぼりにして聞かされるのは、たとえようのない興奮を呼び起こされるのだ。私は終始感動し、戦慄を覚えながら、信じられないような事実の真相に、耳を傾けていた。戦史だけに真実の取材をしたい、という願いもさることながら、私自身の戦争体験の古傷が、大きくうずき出していた。四人の口から語られるのは、まだだれも語ったことのない斬り込みの実態である。彼らが死を決して米軍の手中に潜入し、滅死報国に徹しきった、わずか九人の将兵の言語に絶する孤軍奮闘は、勇気あるもののみが果たすことのできたことであるからだ。これこそ大戦中、まれに聞く功績、勇壮なる武勲と讃《たた》えられずにはおられようか。はるかなる南溟の戦場に残した、十四師団の、いや関東軍最強といわれた照集団の輝ける戦史である。

だが、前述したごとく、高垣少尉はもとより、私の面前にいる四人は、〝敵前逃亡罪〟の汚名に三十余年をへた今日でも、なおそのことにさいなまれつづけているのである。そのために彼らの実力と苦闘は、戦時中はもちろんのこと、現在にいたっても脚光をあびることなく、ましてや今日その事実を語り継ぐものもいない。

高垣少尉の年老いた両親が悩んでいるという原因などが、いったいどこにあるというのであろうか。あるいは、だれかがそのように仕向けた、とでもいうのだろうか。とうじ個人感状まで受けた高垣少尉は、たしかに二階級特進を公《おおや》けに発表されたという。にもかかわらず、それは実際には却下されてしまって実現されず、いつからか謎めいたまま隠蔽されてきた。

ではここで、ガラゴン島斬り込みに関する公刊戦史を少しひもといてみようと思う。これは、『陸上自衛隊戦史室編纂』による『太平洋戦争公刊戦史』の第十三巻であり、その中にアンガウル島とペリリュー島の戦史が記されている。その中の一節――

『昭和十九年十一月八日夜、高垣勘二少尉以下九名の集団海上決死遊撃隊は、ガラゴン島に斬り込み、米兵大多数を殺傷、補給品を鹵獲《ろかく》したが、我方にも戦死三名の損害を受け、十二日マカラカル島に帰還した』

一方、ペリリュー島を攻撃した、米国海兵隊の公刊戦史の中から、この斬込隊に関することを探してみると、それには、『約二百名よりなる日本軍部隊は、ガラゴン島に上陸し、米海兵部隊は撤退の止むなきに至れり。米軍は艦艇をもってデンギス水道を遮断し、艦砲射撃および爆撃により、日本軍陣地を攻撃せり』とあり、人数に多大の相違こそあれ、確かに記録されている。さらに実際にペリリュー島北地区攻略戦に従軍した、米軍歩兵八十一師団の公刊戦史によると、つぎのようになる。

『師団長は、十一月五日に、デンギス海峡の東口の真南に位置するガラゴン島をLCI小型船隊に属する、四十二臼砲乗組員を主とした歩兵第百十一支隊が占領した、と通報を受けた。同月七日、情報部はこの支隊が、さらにガラゴン島を占領し、近くのジメリス・アリマスク両島を占領し、両島を連日つづけて偵察している、と報告を受け取った。その両島は、十月十一日からつづけて、三百二十一歩兵連隊第二大隊の哨戒によって偵察されていた。

同月九日の夕刻、海軍当局から師団司令部は、一団の強力な日本軍が、前夜の間にガラゴン島に上陸した。その敵を早朝発見したのはLCI陸軍部隊であった。

前哨部隊の報告によると、アメリカ部隊は、日本軍五人を殺傷した後、LCIから四十ミリ艦砲援護下に全員撤退した。

その後、翌日の朝から、LCI駆逐艦は、日夜ガラゴン島に向かって、艦砲射撃をくりかえした。さらに日暮れ直後、百機近い海軍飛行機は、それぞれ五百ポンド爆弾を積んで、同島を攻撃した。

南パラオ諸島の、防衛体制の最前哨地点として、ガラゴン島の重要さは、この日本軍の逆上陸によって強調されている。

ペリリュー島の北部の近海を航行し、その島に停泊していた小さな船団の海軍は、その島の北からの日本軍の陸海両面からの危険をチェックすることができた。さらにそのような行動の脅威がつねに行なわれていた。もしも日本軍がガラゴン島を握っていたら、日本軍は北部ペリリュー島に潜入してくる、せまいデンギス海峡を通過する米海軍の船団を防げることができたであろう。占領されたガラゴン島は、それほど重要地点であったのだ。またガラカヨ島の東三マイル、ガラゴン島の南西にある、ゴロゴッタン島を占領したことも得策であった。

同月十日、師団によって発せられた戦場命令は、ゴロゴッタン、ガラゴン両島の奪取を命令した。ガラゴン島は、歩兵第三百二十一連隊の攻撃目標になった。まず五十一機からなる海軍飛行部隊は、ふたたび空からの攻撃をガラゴン島全域に行なった。機関砲の猛射と無数の爆弾を投下し徹底して攻撃を加えた。あるパイロットは、地上からの機関銃の射撃を浴び、そのとき、他の一機はその島の近くの礁湖へ墜落した、と報告した』

このように、二百人と予想された〝強力な日本軍〟としてわずか九勇士のことを過大評価しているが、それももっともなことというべきで、まさかわずか九人の兵士に逆上陸されて、みごとに虚をつかれ、数十倍の部隊が撃退されてしまった、とはよもや思えなかったのであろう。そこで屈強な部隊が逆上陸した、と信じて、かれらは爆弾と砲弾の雨をふりそそいだのだ。

さて私は、米軍公刊戦史の中にあった『地上から機関銃の射撃を浴び、そのとき、他の一機は……』の項に概当するのでは、と想像し、「井上さん、あなたの軽機で射撃したのですね……」と質問した。しかし、井上さんは、「いや　私ではありません」と否定し、不審そうな表情を見せた。すると半井さんが、「それはこうなんですよ、高垣小隊がガラゴンからマカラカルに転進するときのことでした。高垣小隊長殿の考案で、手持の擲弾筒の弾薬を約半分、島の中央高地の砂地に、もしも米軍が踏みつけたら吹っ飛ぶようにと、地雷のかわりにと思い埋めてきたのですよ。それが面白いことに、われわれがガラゴン島に斬り込んだ際、その埋めた弾薬に向かって米空軍機が急降下銃撃をしたため、弾薬が爆発してその飛行機が空中分解して、墜落してしまったんですよ。斬り込みに行った二日ほどあとのことでした。そうですか、米側の公刊戦史に記録されているのですか。まあ、いわば余録の手柄だったのでしょうが、たしかその後、小隊長に報告いたしました。隊長殿はすでに気づいておられたようでしたが、歯牙にもかけないようすでした。他の将校なら自分の手柄にしたかも知れません。しかし、高垣小隊長殿は、そのようなことに頓着しない。やはりちがいますね。大物でしたよ。

われわれが埋めた擲弾筒の弾薬の上で、爆風によって空中分解した飛行機の黒い翼が、空中でパッと飛散して、そのまま地上に突っ込んで行くのを、まるで夢を見るような心地で眺めていた記憶があります。間接的には高垣小隊が墜落させた、と言ってよいですね。米軍が認めている以上……。私が小隊長だったら、当然小隊の手柄にして、吹聴していますよ。

そうと知ったら、パラオ本島のお偉方、どんなにビックリしたでしょうね……。だが、それを言わなかった高垣隊長殿の胆の太さには、いまさらながら感心しました。隊長はもっと大きな戦果をあげようと、ひそかにもくろんでおられたのでしょう……」

そうですか……と何度もうなずくようにして、半井さんは一つの過去の印象に、固執するようすだった。

＊

それでは右のような〝九勇士の奮戦〟は、照集団ではどう記録されているか、私は、とうじの照集団、つまり宇都宮歩兵第十四師団の電報発信受信綴りの中から、高垣小隊に関する電文を探し出してみた。そこには、つぎのような電文が残されていた。

十一月十四日　発信者　集団司令官井上中将
受信者　参謀総長閣下　照参電一五八号　参電第九〇一号拝受ス
「ガラゴン島ニ対スル斬込隊ノ行動ニ関シ、優渥ナル、御言葉ヲ賜ハル、寔ニ恐懼感激ノ極ナリ」

昭和十九年十一月十四日
発信者　集団司令官　井上中将
受信者　隷下指揮下各部隊長
御嘉尚ノ御言葉伝達ニ関スル件

十一月十三日参謀長ヨリ戦況上奏ノ際
「ガラゴン」島ニ対スル斬込隊ノ勇敢ナル行動ニ関シ　御嘉尚ノ御言葉ヲ賜ハレリ
右　謹シミテ伝達ス

畏クモ大元帥陛下ガ常ニ一斥候一斬込隊ノ微ニ至ル迄　有難キ大御心ヲ垂レサレ給ヒツツ有ルコトヲ心魂ニ銘記スベシ
ガラゴン島ニ対スル高垣少尉以下ノ斬込隊ガ収メ得タル成果ハ　一ニ右ノ根源ヨリ発ス即チ積極的ナル企図心決死盡忠ノ攻撃意志ガ　敵ノ虚ヲ衝キ計ラズモ之ヲ恐慌的事象ニサヘ導キタルモノナリ
須ラク諸隊ハ此ノ戦訓ヲ體シ殊ニ有難キ聖旨ニ感泣シツツ将兵悉ク一挙手一投足ヲシテ最善ノ努力ヲ傾注スベシ

以上のように、ガラゴン斬込隊については、真相の裏付けとなる、多くの確たる証《あか》しがあるのである。

さて話は、ふたたび四勇士と私との対話にもどる。
私と四人が話をかわしている私の室は、なにかと訪れる客も多く、絶え間なく電話のベルがなる。私がここにいることで、かえって応対するものが気ぜわしげであったので、私はあとをたのみ、四人を自宅に案内することにした。

四人をうながして自宅のある下北沢に向かったが、渋谷の街頭の雑踏も、見慣れた井ノ頭線の沿線の風景も、われわれは眼中になかった。それほど会話は佳境に入っていた。自宅に着いて靴をぬぐのももどかしく、家人への挨拶もそこそこであった。
「藤川さんと半井さん、それから山本さんの三人の重傷者はどうしていましたか？」との私の性急な質問に藤川さん自身が答えてくれた。
藤川「半井兵長は全身に穴があいていて血まみれで、やがて高熱を出しはじめました。山本兵長の右大腿部は、半井さんと同じように砲撃の破片で、貫通銃創を受けていて出血が止まらず、ちぎれそうな状態でした。悲惨だったですよ……」
半井「そうそう思い出しました。あそこで私は藤川さんに、仮繃帯をしてもらったのですね。あのときは、もう駄目だ！　ここでこのまま成仏するのか、ここで死に花を咲かそうと――そう観念してました」
林「私は小隊長に命ぜられた通り、高橋一等兵、翁長一等兵の二名、たしか沖縄糸満の出身の泳ぎの神様のような二人を、約束の場所に送り出しました」
藤川「私は右足の膝をえぐり取られていました。半井と山本は、いずれも瀕死《ひんし》の状態でした。一時は苦しさと絶望のあまり、このまま一思いに自決してしまおうか、とさえ迷いましたが、きっと小隊長殿が救いにきてくれるか、だれかを迎えに寄こしてくれると信じることで、なんとか時間を過ごしました」
半井「言わず語らずのうちに、われわれは紅紫檀の環礁をめざして、這って行きました。

月明りが葉かげからわずかに光っていたのを、覚えていますね。血がなくなってゆくせいか、あたりが霞んで見えまして……三人たすけ合いながら、しまいには息絶えだえの状態でしたが、それでも環礁にたどりつきましたよ。三人で紅紫檀の木に背をもたせかけて、友軍のくるのを、いまや遅しと待ちました。一日千秋じゃないですね。一時間千時間の思いです」

「みなさん、その日は何日ですか、そして、何時ごろだったと思われますか？……」

半井「十日でした。時間は十一時か十二時か、どちらかでしょう」

藤川「迎えにくるという約束でしたが、だれもやって来ない。三人して、マカラカル島の海上を、必死で見つめていました。傷はうずく、出血は止まらない。迎えは来ない、心配しました。不安でやり切れませんでしたね」

半井「あのとき三人は、迎えが来ないのなら来ないで仕方がないが、しかし、ここで死ぬのはいやだ。せめて戦友と会ってから死にたいと、泳いで帰ることを相談しました。しかし、問題は山本兵長でした。意識はしっかりしていて口はきけるのですが、足がブラブラで動くことすらもう無理でした。彼は涙を流しながら、『半井と藤川、俺をここに残していってくれ、きみたちは一刻も早く帰ってくれ！』こう言うんですよ。かわいそうでした。くりかえし山本は哀願するように言いましたが、どうして彼ひとり残して帰れましょう。心細いやら情けないやら、三人で泣きました」

藤川「たしか夜中の十二時ごろだったと思います。高橋万平一等兵と翁長一等兵が、筏を引きながら泳いでやってきました。有難かったですよ。待望の迎えのきた嬉しさは、たとえようがありません。地獄で仏に逢ったように、二人に向かって合掌しました」

林「私が二人を送り出したのは、十時ごろだったのです。そうしますと二時間かかって着いたわけですね。あの間の距離は四千メートルくらいだったと思いますが、デンギスの水流では、筏がなかなか言うことをきかなかったとみえますね」

半井「私が筏の前方に乗り、山本を後の方に乗せてもらいました。二人が乗ると小さな筏は、二十センチほど沈みました。高橋と翁長が、細いロープを身体にしばりつけて、泳いで筏を引きました。泳ぎがいかにうまいといっても、筏が重いでしょう。二人は一生懸命、泳いでいましたが、それは大変な苦労だったのですよ。陸上で重機を引くのだって大変なのに、なにしろ、水中なんですからね。命がけの仕事だったと思います」

「藤川さん、あなたはなぜ、筏に乗られなかったのですか？」

藤川「はい、私が筏に乗ったら筏が沈んでしまいます。筏は小さかったのです。それに筏じたいが重かった。私は最初、筏につかまっていましたが、高橋と翁長が死ぬような努力で泳いでいて、それでもなお筏がわずかしか進まないのを知って、筏から離れて一人で泳いだのですが、右足がほとんど動かないものですから、つらかったのです。人間とは勝手なもんで、困ったときの神だのみ、と言うんですが、一生懸命、神仏の名をとなえながら、必死で泳ぎました。なにしろ取り残されたら、まちがいなく、〝死屍〟でしたからね。紅紫檀の小島を出て二時間も泳いだころでしたか、こんどは筏は上げ潮に乗って、泳いでいる三人もろとも、ぐんぐん流されはじめました。私は祈りました。〝どうかマカラカル島に流れつきますように……〃と、この上げ潮に押し流されれば、流れの方向の北にあるマカラカル島に、流れてゆくにちがいないと思ったのでした。ところが、これはあとでわかったのですが、われわれが流れついたところは、三ッ子島の近くでした。北でなく北西に四キロほどの位置に流されたのです。

もうそのときは、月が落ちてしまっていて、真っ暗闇でした。泳いでいるわれわれの前に黒い影があらわれました。島のように思われました。やれやれ助かった。祈りがきいれられて北に流されたんだ、ここはマカラカル島だと喜びました。断崖の下のようなんです。ところが、よく見ますと、これが大きな駆潜艇のすぐ下だったのです。米軍の……駆潜艇の真横なんです。

ビックリしましたね。あのときは……。よく耳を澄ますと、敵兵が甲板をコトコト巡察している音が、聞こえるじゃありませんか……うっかり声を出そうものなら、大変、甲板から銃撃されても、一発の手榴弾をおとされても、それで一巻の終わりです。これは地獄の一丁目に、おし流されたんです。ガラゴン島で斬り込む前の恐怖とは、ぜんぜん異質の恐怖でした。進退きわまった、ギリギリのあのときの恐怖は、また格別でした。海水の中にいてさえ、冷汗をビッショリかきましたね」

半井「まったく胆をつぶしました。筏が波でゴツンと、駆潜艇のわき腹にぶっかったら、ゴツンと音がしたら、もう最後でしたね。われわれは海中の藻屑だったでしょう。とにかく、筏を捨てて、最後まで持っていた戦闘兼自決用の手榴弾の信管を抜いて、筏につけて流すことにしました。瀕死の山本兵長を筏から降ろして、高橋が背負い、私は翁長に曳かれて泳ぐことになりました。筏が敵艦に当たって爆沈するように祈りながら、一方、われわれは、一メートルでも駆潜艇から離れようと、必死で泳ぎ出したのです。駆潜艇の下でこのまま夜が明けたら、敵の思うように、なぶり殺しになることが目に見えてましたから」

藤川「私は一人で泳ぎました。さっき島についたのだと安心した瞬間、全身の力が抜けてしまったのでしたが、驚いた瞬間、急に力が湧きました。人間はやはり生きようとする欲望が、大切です。どこからともなく力が湧いてくるものですね。私はいつも思うのですが、あいうほんとうに追いつめられた土壇場でさえ、重傷の戦友をいたわって、なんとしてでも連れ帰らなければと、一途に考えて行動する戦友愛の尊さ、自分だけが助かればよい、などとは決して思わない、死なばもろともと願うあの気持には、頭が下がります。とくに戦後の若い人たちに、ああいう気持をよく理解できるよう話してあげなければ、と思うのです。おのれを捨てきる……あれこそ武士道、大和魂の真髄ですね。

高橋が山本兵長を曳いて泳ぎながら、ときどき、振り返るようにして、『しっかりするんだ』と励ましていましたが、山本兵長がしだいに無抵抗になってゆくのがわかりました。意識もほとんどなく、それでもときどき、『おい高橋、ありがとう』『おれはもう駄目だ』と、はっきりしていたのですが、しだいに声も細く、つぶやきも、『両親に……』『ガラゴン』『頼む……』『内地に……』とかいうのを耳にしましたが、やがてそのまま息絶えました。がっくりと首をおとした亡き山本兵長は、急に浮力を失い、沈んでしまいました。十一日の夜明けでした。山本兵長はデンギス水道の海中深く沈み、悲壮な戦死を遂げたのです。しかし、山本兵長の魂は、われわれとともに泳ぎ、われわれを救ってくれたと私は信じます。

　山本兵長の最後を見とどけた高橋は、こんどは私を曳いてくれました。重傷の身で半死半生の思いでいた私の命を救ってくれたのは、高橋一等兵なのです。ということは、山本兵長に助けられたわけですよね。高橋と翁長は、三ッ子島から東南に向かって泳ぎ、デンギス水道にさしかかったころ、夜が明けたと聞きました。なにしろ重い荷物を曳いているのですから、一メートル泳ぐと六十センチは流される、また進む、また流される、といった決死の遊泳は、戦闘以上の努力と精神力を要求されました。この二人だけでなく沖縄出身兵は、パラオのあらゆる戦域で水泳を通して、多大の功績をあげたことは、だれしもが認めるところです。じつにありがたいことでした」

　半井「私の記憶では、紅紫檀のある環礁を出発しましたのが、夜中の十二時、そして、マカラカル島近くの小島にたどりついたのが、十一日のひる近くです。なんと十時間近く泳いだわけですよ。私と藤川は岩礁の上に、そのまま死んだように倒れてしまいました。高橋と翁長は小隊に連絡に出たそうですが、私と藤川はそのまま一夜を明かしたところをみると、二人はその日は帰らなかったのですね。小隊の位置が変わっていたのでしょう」

　藤川「命からがら、息も絶えだえの状態で、やっと岩礁にたどり着いたとき、私の右膝の負傷個所がすっかり腐っていて、死臭のような臭みを放っていました。半井の傷も、すっかりフヤけて、傷口が同じように腐りはじめていましたよ。もちろん、傷は気になりましたが、もうここまで来れば安心だ。米軍に殺られることはない、と気持がゆるむと、岩の上にいるのにまだ体が海中にただよっているように、気持までが揺れ動いていました。しっかりしなくちゃと、自分を激励するのですが、感覚が狂ってしまったんですね」

半井「岩礁の上で夜を明かしたとき、山本兵長の姿が現われたのです。あれは絶対、私の目の錯覚とか、幻影とかでなくて、ほんとうに生前そのままの山本兵長なのです。彼が褌一本の私たちと同じ姿で、島の岸をスタスタ歩いていました。ほんとうに見たのです。私はあれが霊魂であろう、と信じてしまいました。私たちとともに山本の霊魂が、行動したのだろうと考えるようになりました。あなたは、どう思われますか。船坂さん！……」

「霊魂は実在しますよ。私なども毎年、慰霊のために渡島しますが、かならず、〝霊魂は不滅である〟現実に遭うのです……。半井さん、山本兵長の話をくわしくたのみます」

半井「はい、私が見たと申しますのは、山本兵長の戦死したあとの姿です。幻とか亡霊にしては、あまりにもはっきりした姿で、朝の太陽を全身にあびて立っておりました。翁長一等兵もやはり気づいていまして、私は急いで山本の姿を追うようにと、翁長に指示をしたのです。こういう話は、体験のない現代の人々は信じようとはしませんが、あなたでしたら、おわかりいただけると思います」

「もちろんですとも……ご承知のように、私も数々の体験を持っています。そのお話は、ぜひともくわしくうかがいたいですね……」

半井「では、順を追ってお話申し上げましょう。われわれ五名が、紅紫檀の浅瀬から離れたさいの筏と申しますのは……直径十センチぐらいの竹を二メートルほどに切ったものを、二段に組んだもので、幅は一メートルほどの大きさの筏でした。私がまず乗りますと、竹の一段は浮上していましたが、ついで山本兵長が乗ると、筏は海面すれすれでした。それで藤川は、後方に片手でつかまって泳ぐことになりました。高橋と翁長は、十メートルぐらいの紐をそれぞれ体に結びつけたものを、筏につないで曳泳いたしました。幸いにも海潮は上げ潮でした。とはいえ、あのデンギス水道を、私と山本が乗り、そのうえ藤川がつかまっている筏を曳くのは、大変なことでした。高橋と翁長は、平泳ぎで、懸命になって曳いてくれたのですが……。

さきほど話しましたように、眼の前に米軍の艦艇の黒い影がはっきりと見え、絶体絶命のところまで流されましたとき、大切な筏を捨てるより逃がれる術《すべ》はありませんでした。自決用の手榴弾を筏に乗せて、紐を解きはなした後は、翁長が私を、そして、高橋が山本を曳いて泳ぎはじめたのでしたが、泳ぎはじめてから十分も過ぎたころでしょうか。とつぜん高橋上等兵が、

『兵長殿が、沈んだなり浮き上がってこられません……』と悲痛な叫び声を上げたのです。

山本の腰に、しっかりくくりつけたはずの紐が、高橋の腰に残っていました。私は悲しかった……。翁長に曳かれて泳ぎながら泣きました……。山本の奴は、自分の手で腰の紐を解いたのだろう……。きっと自分はもう駄目だ。これ以上、みんなには迷惑はかけられないと決心して、最後の力を振りしぼって腰の紐を解き、デンギス水道の底へ沈んで行ったのだろ

う、と私は思うのです。

彼と私は姫路において、昭和十六年八月、部隊編成当時から、同じ小隊でした。それから四年近く、同じ小隊で行動しましたが、これはめずらしい存在でした。彼はたしか神戸一中を出て、すでに結婚し一男があると聞いていました。兵庫県の警察官だったそうです――

山本が沈んだあと、高橋は藤川を曳いて泳ぎはじめました。筏を捨ててから、いったいどのくらいたってからか、空がかすかに白みはじめたときの、うれしさと言ったらなかったですね。だんだん明るくなるにつれ、最初の目標とは多少ちがう方向でしたが、ほぼ目標に近いところに泳ぎついたことを知り、海底に白い砂が見え、泳ぎを止めて立てば、底の砂が踏めたときは、ホッといたしました。ガラゴン島は、はるか彼方に黒く小さくなっていました。米軍の艦艇の影もまったくなく、すぐ近くに島影さえ見えました。遠くからは一つの大きな島に見えていましたが、近寄ってみると、点々とした岩礁の上に樹木が生い茂ったものが、つらなっているのでした。

その中のかなり大きい岩礁に、私と翁長は這い上がりました。海は干潮でした。太陽も昇りはじめました。ガラゴン島のうしろの方角からです、しばらくして私たちのいる岩礁の横を通り過ぎて、二、三十メートル行った先にある、ちょうど昇りだした太陽光線が、岩肌にあたって白く見える岩礁に、高橋と藤川が泳ぎつき、這い上がるなり太陽に全身をさらし、長くなってのびている姿がよく見えました。

このときです。私が山本兵長の姿を見ましたのは……。もちろん翁長も一緒にです。たしか昨夜、デンギス水道に沈んだはずの、山本の姿が見えたのです。藤川と高橋が這い上がっている。もう一つ先の岩礁の、ちょうど干潮でむき出しになった広い岩礁の上に朝の太陽をまともに受けて、山本は褌一本の鬚面《ひげづら》で、私たちの方に顔を向けて、つっ立っていました。私のいる地点から、四十メートルくらい先だったと思います。私は翁長に、『あれは山本じゃないか……?』と聞きますと、翁長もはっきり、『そうです』と答えました。

するとつぎの瞬間、山本は体の向きを右にかえて、歩きはじめたのです。元気そうに、貫通銃創で負傷しているはずの右足もかるく、樹木の繁みのかげで見えなくなりました。びっくりした私は、自分が動くことができませんので、急いで山本のあとを追うように命じたのです。沖縄出身の泳ぎの達者なこの若者、翁長一等兵が、その山本が立っていた地点まで、泳ぎつくのに何分ともかかりません。泳ぎつくと、急いで山本の去った方向に行きました。翁長の姿は岩礁にかくれました。しばらくして帰ってきた翁長は、

『どこまで行っても、山本兵長殿の姿はありません……』と報告しました。

私は夢を見ていたのだろうか。しかし、私だけではありません。現に私と同じように山本を認めた翁長は、後を追ってくれたのです。それにしても、翁長の報告だけでは、どうしても納得が行きません。

『おれも行くから、連れて行ってくれ』と翁長の肩にすがり、立ち上がりました。干潮時のために、海の深さは腰ぐらいまででしたが、なにしろ負傷している身体には、歩くより泳ぐ方が抵抗が少なく、岩礁に上がってからは、翁長の肩にすがってかろうじて歩きました。も

しかしたら、山本がいるかも知れない、という希望が私を元気づけたものとみえます。後をふり返ると、さきほどと同じ位置に、朝の長い日射しをあびた藤川、高橋の姿がありました。しばらく岩礁伝いにゆくと、以前、原住民が避難するためにつくったらしい小屋を発見しました。相当数の原住民が避難して、雨露をしのぐことができる大きい建物でした。私はこの建物までくるのが、やっとでした。どうしてもこれ以上、動けないと思った私は、ふたたび翁長に命じて山本兵長を探すよう依頼しました。彼はそれから二、三十分かけて、くまなく探してくれたのでしたが、まったく人影はないといって帰ってきました。そのとき翁長は、潮の干上がった岩礁のうえに、打ち上げられていたといって、米軍の上陸作戦用の携帯口糧罐詰がいっぱい詰まった容器をかかえてきました。六十食分ぐらいあったと思います。すぐ藤川たちを呼びに翁長を走らせました。それとこの避難小屋には、ドラム罐に、雨が降れば自然に雨水が溜まるような方法の天水を取るための設備ができていて、この飲料水と米軍携帯口糧とによって、われわれ四人はやっと生きた心地を取りもどしたわけです。

これはすべて、山本兵長の姿を見て追っかけたことによって生じた恩恵です。私は、山本兵長は、からだこそデンギス水道に沈んだが、彼の霊魂は私たちとともに行動し、一緒にやってきたのだと信じました。食糧と飲料水を得たことは、山本兵長の霊の導きであったと思うのです。

さらには一昼夜ののち、小隊にぶじ帰隊できたことも、私や藤川がぶじに内地に引き揚げることができえたのも、単に運がよかっただけではなく、目に見えないなにかが、私と藤川を導いてくれたと思います。それは山本の霊魂だ、と私は信じております。

岩礁伝いに山本の姿を追っていた途中、友軍の死体が海水に浮上して流され、打ち上げられているのを見かけました。おそらく、逆上陸の飯田部隊兵員でしょう。二十数体はあったように思います。岸辺に打ち上げられた死体は、そのまま波にさらされながら、やがて白骨となったことでしょう。やりきれない気持です。あのとき、自分らは、どうすることもできなかったのですからね。それどころか、一歩あやまれば、明日のわが身だったというわけです」

私はさらにきいた。「それからあなたは、どうしましたか?」

半井「十一月十二日、私たちが斬り込みに出発した日より数えて五日目に小隊に帰りました」

藤川「小隊長殿がそれは喜んで迎えてくれました。私たちは小隊長殿と手をとり合って、ただ涙を流しました。やがて小隊長殿が、『もう一度、斬り込みに行くぞ! 藤原、吉田、山本の仇を討ちに行く!』と言われるんです。小隊長殿の精神力と行動力はケタはずれでしたね。『予の辞書に不可能という文字はない』と言ったというナポレオンのような、信念の持ち主でした。あれから、ガラゴンを再び占領した米軍の防備が、たとえ鉄のように厳重であっても、再び斬り込み命令を受ければ、小隊長なら、必ず成功させたでしょうね」

半井「ほんとうに、そういう隊長殿なのです。ズバ抜けた方でした」

藤川「死んだ山本がこう言ったんです。『おれはマカラカル島に帰ったら、まずうまい味噌汁が吸いたい……。あの味にはおふくろの暖かみがあるんだ……。彼は舌を鳴らしてそう言いました。私は帰島してから、林伍長がつくってくれた味噌汁を吸ったとき、山本のことが思い出されて……泣きました。あのときの味噌汁のうまさとともに、山本のことは終生わすれることはできませんね……」

林「藤川と半井の二人が、ぶじに帰りましたのは、たしか十二日の夜半だったと記憶しています。十日の日の砲撃はすさまじくて、マカラカル島から見えるガラゴンの島形がすっかり変わってしまいました。だから私は、斬り込みに行った九名が、ぶじとは思えませんでした。くやしいが戦死されただろうと思っていました。ところが、あれだけの斬り込みをやってのけた上、あの砲撃の中も生きのびて、六名が生還されたとは……。信じられないような事実でした。勇壮な三人の戦死もあわせて、私は人間は、『勇気があれば、何事もできる』ということを、この斬り込みを通じて教えられました」

語られた勇者の最後

さて、その夜、私は、四人のかつての〝勇者〟たちを、わが家の二階の仏間に案内した。そこには、パラオ諸島で亡くなられた、とくに玉砕したアンガウル島とペリリュー島の両守備隊を中心にした戦死者たちの英霊が祀《まつ》られていた。その数は、コロール島、パラオ本島の英霊もふくめて約一万余柱、大型の仏壇の中には、ところ狭しと細長い紙片に書かれた将兵の名が貼られてある。もちろん、その中の一枚には、『故高垣勘二之霊』と書かれた俗名の紙位牌がまつられている。

四人は、さすがにびっくりした表情で仏間の入口に佇立《ちょりつ》している。

「さあ、どうぞ、どうぞ」と、私はかれらを招じ入れた。「みなさんの小隊長殿にお線香を、それに北地区で玉砕した引野隊の英霊たちもここにまつってあります」

四人はおそるおそる仏間に入り、仏壇の前にならんで正座した。そして、もう一度、いかにも不審そうな表情を私に向けた。そして、四人を代表したようなかっこうで半井さんが問いかけてきた。

「船坂さん、なぜかれらの霊を、ここに祀られているのですか？」

私はすなおに答えた。そうすることが、この遠来の勇者たちの不審に応える最良の方法だと、とっさにそう思ったからである。私は仏壇の中に目をそそぎながら、いった。

「高垣さんをここにお祀りしましたのは、ガラゴン島の洞窟で、夢の中で、高垣さんにお逢いしてからのことです。もう四年になりますよ」

私の説明に、四人はそれでも、ほんのしばらくのあいだ呆然としていた。だが、やがてかれらの口から、静かに念仏を唱える声が流れはじめた。その四人の心底は、同じような体験をもつ私にはおのれの掌を見るごとく、よくわかるような気がした。

やがて私たちは、ふたたび応接室へもどった。そこで私は、四人の口から、思いもよらなかった言葉を聞くことになったのである。

四人は応接室にもどると、こんどは藤川さん

孤島ペリリューに眠る、名もなき日本軍兵士のむくろ。祖国の平和を願って戦い死んでいった彼らの霊よ、安らかなれ。

が、みんなを代表するような形でこういったのである。

「船坂さん、私たちは、小隊長殿の最後について、お話しすることにきまりました……」

藤川さんは、その事情を、簡単に私に説明してくれた。

「われわれは、いままで、どのような人にたいしても、けっしてその真相を申し上げたことはありません。それは、関係者一同、終生、語らないことを盟約したからです。だが、あなたにだけは、お話しする、というより、その真相を理解していただきたいと思うのです」

藤川さんは、そこまでいってから、他の三人の顔を見まわした。そして、うむ、というようにうなずくと、林さんの方に顔を向けていった。

「林君、きみから頼むよ。きみが一番近くにいて、たしかにそれを目撃しているんだからね、きみが代表して、まず話してくれたまえよ」

林さんはすなおにうなずいた。そして、いくぶん緊張ぎみに話しはじめた。

「では、御指名ですので、私がこれから、高垣小隊を代表して、小隊長殿の御最後について申し上げましょう」

かれは姿勢をただしてそういい、手にしていた煙草を、灰皿のへりに強く押しつけた。

林さんは語りはじめた。

「高垣小隊長殿は私たちの期待どおり、ガラゴン島斬り込みに大成功をおさめられました。私は、さきほども申し上げた通り、残留者の責任者でしたので、マカラカル島百四号高地の監視哨から、斬込隊の決死的な壮挙の一部始終を見ておりました。九日、斬込隊が米軍と戦闘している有様は、椰子林とジャングルの隙間《すきま》から、断片的ではありましたが、目撃していました。手に汗をにぎり、わがことのように戦慄しながら、しかし、あまりにも米軍側の攻撃が圧倒的ですので、まことに残念とは思いましたが、小隊長殿以下全員玉砕されたであろうと、観念しておりましたのも、真実です。銃声や喚声も、よく聞こえました。ところが、その後、小隊長殿以下全員が、米兵が逃げ出して行くのを前にして、鬨《とき》の声をあげているのを見たときは、驚いてしまいました。よくやった、よくやり遂げた、と嬉しくてうれしくて涙がとめどなく出て困りました。

その日の夜から翌日にかけて、米軍のガラゴンに対する爆撃と砲撃は、それはもう大変なものとなりました。あの攻撃を食ったのでは、こんどこそ本当に、九名は玉砕したとしか思われませんでした。だが、さきほども申し上げたように、結果的にいって、三名戦死、二名負傷で帰れたときのうれしさは、くりかえして言うようですが、奇蹟としか思えませんでした。これは私ばかりではありません。パラオ本島の師団司令部の驚きといったら、それは大変なものだったそうです。『敵前逃亡小隊』をどう処分すべきかと考えていた参謀をはじめ高級将校連中は、これは自分たちの手で処罰するより、ガラゴン島を占領したばかりの米軍の陣営に小隊を送り込めば、強力な米軍の手中に陥《お》ちるであろう、と予測して命令を出した、というのがほんとうのところだったのではないでしょうか。これは高垣小隊長殿の抜群の勇気と指揮、そして、その部下たちの実力について、かれらはまったく知っていなかったわけです。それだけに参謀連中は仰天して、あわてて、『ガラゴン斬込隊』をたたえる軍歌を、つくったとか聞きました。

斬り込み成功の直後のことです。師団司令部のおえら方が、マカラカル島にやってきました。小隊全員が整列した前で、『畏《かしこ》くも上聞に達した』と告げ、またその後、小隊長殿が、個人感状を受けられるとのことで、二回ほど整列させられたように記憶しております。たしかそのとき、師団から日本酒が二升、斬り込み成功の恩賞品として、持参してきたとか聞きましたが、われわれ下っぱにはなにも渡りませんでした。しかし、小隊長殿は、師団から脇差を一振りいただいたような記憶が残っています。

しかし、せっかくの働きにもかかわらず、やはりわれわれは、ママッ子扱いされていました。

それからまもなく、われわれの小隊には、正式に『海上遊撃隊』という勇ましい名称がつけられ、特設決死隊として義務づけられたのでした。勇ましい名称の裏には、〝ペリリュー島敵前逃亡者〟の汚名を返上するため、さらにガラゴン斬り込み以上の死に場所を与える、という厳しい死の宣告がふくまれていたのかも知れません。非情な師団の命令といっても、過言ではありませんが、われわれの小隊にとっては、眼前におけるペリリュー島引野大隊の玉砕をしのび、切歯扼腕をつづけていたとき、本隊の戦友が敵と刺しちがえて死んでいけることを羨ましく思い、自分たちも共に戦って死にたかったがどうすることもできなかった精神的な暗い苦痛を、それ以来ずっと噛みしめてきていたのですから、もうこうなったからには、師団の気持などどうでもよい、本隊の戦友と、山本、吉田、藤原の仇を討っていさぎよく死のうと固く決意いたしました。銃後の日本国民同胞と祖国のために死ねる絶好の機会でもある。それには、いかにして海上遊撃隊の戦果をあげるかと、マカラカル島における決死遊撃隊訓練に、高垣少尉殿の熱心な指揮下に、全力を投入してゆきました。もろもろの訓練は、苦しさの連続でしたが、だれひとり泣きごと一つ言わず、黙々として日日を明け暮れました。

海上遊撃隊の戦闘方式がどのようであったかを具体的に言いますと、それは、隊員一人一人が漆黒の闇夜の海上にはい出して、浮上する敵艦船に泳ぎつき、爆薬を船体やスクリューに取りつけて点火爆破させ、あるいはガラゴン斬り込みのように敵前上陸を敢行するという、決死的な攻撃法をとっていました。爆薬と共にわが身も桜花のようにパッと散る、その心をもって決死敢闘する特攻戦法は、つねに死と隣り合わせています。そのための訓練は、いわば死の中に突入するようなものです。

米軍の群がる島は、もちろんのこと、敵の艦船に接近するための泳法は、本来が陸軍である私たちにとって、それは苦しいものでした。だが、泳ぎをおぼえないことには、まったく役に立ちません。それに、あの辺りの海域には、ご存じとは思いますが、獰猛《どうもう》なサメや海蛇がいて、その中を縫って、重い爆薬を筏で引っぱったり、または抱いたりして、しかも緩急自在に潜行していかなければならない。これはじつに至難なわざなのです。われわれは懸命に海に慣れるために歯を食いしばり、みずから求めて激しい鍛練の渦に飛び込みました。日本男児の意地と度胸にかけてです。それにしても、陸上の訓練を受け、それに熟達してきたわれわれにとって、海は予想以上の難物でした。涙をのみ塩水を呑みながら、泳ぐことを学んだのです。水泳にかけては師団一といっても過言でない小隊長殿は、つねに兵隊をかばう指揮をつづけられました。言うに言われぬ努力のすえ、われわれは泳ぐことに上達したのです。重い爆薬を持ち、その上、腰につけた手榴弾の重みは、水中とはいえ憎いほど重く、ともすれば逆に海底に引き込まれ、気が遠くなるほど苦い塩水を飲み込まされました。思わず苦痛に耐えきれず、このまま海中で死んでしまった方がよい、と絶望する日があったといっても嘘ではありません。だが、そんなとき、『死ぬなら敵艦を爆沈させてから死んでくれ……』と、吉田、藤原、山本をはじめペリリュー島で戦死していった戦友たちの声が、幻のように聞こえ、海中から励ましてくれるのでした。

『そうだ、われわれが死ぬときは、戦友の仇を討つときと限られていた……』と、死ぬほど苦しく、苦しさのあまり人間としての意志すら失いかけたとき、『砲火をあびて死んでいった戦友の死を考え、いかなる逆境におかれても、あらゆる苦難に耐えねばならぬ』と、小隊長の激励する言葉に、いつも支えられていました。

このようにして海上遊撃隊員となったわれわれは、あらゆるときに死を見つめ、死のために生きつづけ、死の瞬間に米艦船とこの生命を引き変えるため、甘んじて人間性から脱却し、阿修羅の一人として、また爆薬の一部になりきろうと隠忍自重していました。また反面、内面の煩悩や、生きようとする人間の本能との戦いにも、勝たなければなりませんでした。中には、『人間でなく、魚に生まれていれば、もっと海中に長くいられるものを……』と嘆く者。『神様、肺だけでも魚の肺と交換できないものか……』などと、平和なときの常識では考えられないような、異常な思考すら生じました。

泳ぎと潜水の訓練もさることながら、やがて決死隊員にとって、もっとも死に直面する瞬間を、訓練が進むにつれて、身を持って知るときがやってきたのです。それは、苦心惨憺の結果、敵艦船に接近、たのみとする爆薬を敵艦に密着させ終わると信管を打ち、点火した瞬間から爆薬が炸裂するまでのほんの限られた時間内に、どれだけわが身を敵艦より泳ぎ離れることができるか……生と死は、一つにこの一瞬にかかっていました。爆発したさいの爆風による海水の猛烈な振動波の圧力を、まともに喰らうか、逃れるか……そのときは、人間の能力以上の魚のような速さで泳ぎ去らなければ、振動圧力をまともに受け、内出血を起こして死んでしまうのです。じつに微妙な一瞬です。

こんな話があるんです。ある日のこと、小隊長殿は、椰子の実の殻を二つに割ると、両脇に

硝煙さめやらぬペリリュー島の尾根をゆく米海兵隊第1師団員。ジャングルは吹きとび、戦闘の激しさを物語っている。

紐をつけて、われわれ兵隊の男の急所を覆わせたのです。爆風による水圧をよけるためでした。部下おもいの小隊長らしい考案でした。少尉殿はなかなかのアイデアマンでもあったのです。

水中に爆薬を投じたさいに起こる衝撃をくらって魚が、白い腹を見せて、プカプカ浮かび上がってくる、あのような悲惨でみじめな死に方は、だれもがしたくありません。そのために筆舌では表わしがたい苦闘を重ねました。

ガラゴン斬り込みの第二回目の命令が下達される日が、一日も早からんことを、小隊長以下一同が願っていました。この必死の訓練の成果を、いよいよ発揮して、戦友吉田、藤原、山本等の仇を討ち、かつ軍人として最悪の汚名を返上できる日を、待ち望んでいたのです。苦しい訓練が終わるたびごとに、日本男児としてりっぱに御役に立って死ねる覚悟が、鍛えられてゆきました……」

なんとか正確に話そうと努力する内面のようすが、林さんの眉のわずかな動きにも現われていた。彼はしばしば短い沈黙をくりかえし、そのつど、往時の記憶を呼び起こすようにしては、慎重に語りついでくれた。

「こうして隊長殿以下、高垣小隊の苦労はつづきました。だが、ふたたびガラゴン島斬り込みの出撃命令が来ないまま、憂鬱な日がつづいたのです。

そのころ、ガラゴン島は、わが小隊の斬り込みによる痛手も回復して、すっかり米軍の小型航空基地として完備され、米兵の完全占領下に置かれていました。同島の周囲は、これは物量を誇る米軍の常套手段ですが、有刺鉄線がいくえにも張りめぐらされ、いかに勇敢な日本軍決死隊が、逆上陸をしようともくろんでも、近寄るすきもまったくないといってよいほど、ガラゴン島は完全防衛化されてしまったのです。

そのころというのは、十九年の秋も深まったころでした。一方、パラオ本島とコロール地区は連日、絶えまない空襲にさらされていて、本隊にそれまで貯蔵されていた食糧のほとんどは焼かれ、建物はつぎつぎ破壊され、あげくの果てにパラオ本島は、米艦砲射撃の洗礼にあい、極度に悲惨化し、やがて食糧がつきはじめると、栄養失調となった兵隊たちが、餓死の道をたどりはじめました。そのように悪化した諸条件にもかかわらず、目立って活躍したのはコロール高射砲隊と、高角砲隊、機関砲隊でした。いくどか米軍機を撃墜し、激しい抵抗をつづけたのです。また同じこのころ、師団司令部は本格的に米軍の北上を阻止するために、爆雷攻撃隊を組織して、坂本勲大尉を長とする三個小隊をマカラカル島に配置、ペリリュー島陽動作戦として夜間の爆雷攻撃を実施させました。その後、爆雷攻撃隊は、三ッ子島以南、ペリリュー島までの海上に、無数に浮遊出没する米軍艦艇の移動進行をすべてさぐり、その情報を師団司令部に送っていました。

十一月半ば以降は、マカラカル島に本拠をおく小久保荘三郎大尉が大隊長となり、照集団直轄の『海上遊撃隊』を編成しました。遊撃隊は第一と第二に分け、その第二遊撃隊に高垣小隊が編入されたのです。第二遊撃隊の隊長柳沢巳未男中尉は、その後は神山少佐の指揮に変わって、作戦参謀の指揮の下に厳重な海上の監視警戒がつづけられました。

だがしかし、師団司令部がとうじ大本営に報告した『マ号作戦』と呼称する各種の斬り込み攻撃隊の戦果は、第二遊撃隊柳沢隊の高垣少尉を長とする九名の決死隊から成る第一回ガラゴン島の斬り込みと、仁平少尉を長とする十一名の決死隊による第二回ガラゴン斬り込みを除けば、米軍に大いなる恐怖を与えるような確実な戦果はあげられなかったというのが真相ではなかったかと思います。

またそのころ、私たちがもっとも案じていたペリリュー島では、引野大隊玉砕後の水戸二連隊の主将中川大佐は、作戦顧問である村井少将とともに、もはや玉砕が目前に迫った現実を認め、両将も〝天命これまで〟と覚悟したそうですが、しかし、最後の決断しがたく、その指示をパラオの師団長井上中将に仰いだのです。ペリリュー島から発信したそのときの電文は、『ただちに敵陣に斬り込み、玉砕したいと希望します。死なしてほしい……』旨の意味が打電されたそうです。だが、師団長からは、『あくまで持久せよ、生きるのだ！』と、最後まで玉砕を許さない旨の悲壮な命令が届いていたといいます。当初、一万一千人いたペリリュー島守備隊員の、そのときの残存兵は、わずか百名足らず、実情はもはや玉砕するより道はなかったのです。開戦以来、じつに七十三日、あくまで必勝の信念を貫こうと孤軍奮戦したが、ついに弓折れ矢つき、全島に日本軍の屍をさらしてしまいました。それにもかかわらず、机上のみの空論をとなえて作戦を立て、命令を下す第二線の司令部では、玉砕戦闘がどんなものか、米軍の威力がどれほどなのか、実際にはなにも知らなかったのではないでしょうか。軍の上層部は無責任なものでしたよ。

中川大佐が最後のたのみとしていた難攻不落の大山高地山腹にある戦闘指揮所の洞窟陣地は、総攻撃を開始した米兵の大軍に包囲され、やがて大山の頂上にまで米兵はよじのぼり、地上からは火焔攻撃が洞窟陣地に集中したのでした。

時に昭和十九年十一月二十四日の午後四時。軍旗を焼き、秘密書類を処理した両将は、最後の電報をパラオに送ったのです。『サクラ　サクラ』サクラを連打することをもって、昔から、桜の花が美しく散ることを、日本伝統の武士の死にたとえました。つまり戦場では、日本軍の『玉砕』を意味する約束ずみの悲報であったのです。

いさぎよく桜花のようにパッと散る大和魂の精華、そして、武士道の精神と葉隠の真髄をあらわす、日本戦史に刻み込む死の哲学でした。こうしてこの日、少将と大佐は従容《しょうよう》として自決し、残存将兵はことごとく斬り込んで敢然と玉砕、皇軍の限りなき必勝を祈りつつ、死を選んだのです。

歩兵第２連隊長中川州男大佐。
写真は、中佐参謀時代のもの。

こうした厳しい戦雲の中で、われわれはやがて昭和二十年を迎えました。パラオ本島においては、いよいよ食糧が逼迫して、下級兵士の餓死者はあとを絶ちませんでした。それまでは私たちのところにも、パラオ本島から若干の食糧は送られてはきていましたが、ついに輸送は途絶し、結局、現地自活の方法をとらざるを得ませんでした。そこで高垣小隊長は、率先して自活の道を、海に求めました。とうじパラオの海は、魚類の豊庫でした。点在する島々の周辺は、遠く環礁に取り巻かれ、太平洋の怒濤をさえぎっていたため、魚介類にとって安住の場所だったのでしょう。米艦艇のすきをうかがっては魚類を捕獲して、命の綱としていました。

三月に入ったときです。その日は、軍隊にいるものにとってもっとも意義のある日、陸軍記念日を明日に控えた日でした。何を思われたのか小隊長殿が私に向かって、

『おい、林伍長、明日は陸軍記念日だナ。俺の祖父は日露戦争のとき、乃木軍に加わり難攻不落といわれた二〇三高地の決死隊で活躍したのだよ、今日は魚を獲って椰子油でテンプラにして、兵隊たちに栄養をつけてやりたいが、どうだろう……』と言われました。このようにつねに変わらぬ、小隊長殿の部下に対する思いやりは、私たち兵隊にとって涙の出るほどうれしいものでした。

椰子油というのは枯れきった椰子の実をくだき、コプラを乾燥させ絞《しぼ》るのですが、多量に採れるものでなく、またマカラカルには椰子林が点在していましたが、その実を採ることは米艦艇の監視下にあっては命がけのことでしたから、椰子油は貴重品だったのです。その椰子油を使ってテンプラにしようというのですから、食べることにしか楽しみのない、孤島の兵隊にとっては絶好のごちそうです。それを陸軍記念日に、というんですから、小隊長の発案は傑作でしたね。私には、兵隊たちがテンプラに舌つづみを打ち、よろこぶようすが目に見えるようでした。

『隊長殿、私がお供いたします。三十六湾の入江に、魚の溜場があるのを知っています！』

『よし！　林伍長、おれについて来い！』

漁獲班としての出発の話は、とんとん拍子に決まりました。あのころ、いつも腹ペコだった私は、まだ獲《と》れもせぬ魚の姿に敵のことなど忘れてしまい、椰子油の中でジュウジュウ揚がる天ぷらのにおいを想像しただけで、鼻がピクピクと動きました。なにしろ食事とは名ばかり、とにかく胃の中に入れるだけのもの――白米の飯に味噌汁、漬物で育ったわれわれの欲求を満たす食事が皆無だったとき、テンプラとはなんと郷愁をさそうものだったでしょう。故郷の小川ですくった鮒を、お袋が天ぷらにしてくれている、そんな姿までが浮かんできました。

私は隊長殿のあとにしたがい、三十六湾めざして、意気揚々と出発いたしました。しかし、その日三月九日の、二人が兵舎をあとにした数時間の後に、小隊長殿の身の上に、突如として異変が起こったのです。神ならぬ二人がそれを予想することはできませんでした……」

林さんは、ここで話を一区切りすると、大きくかたずを飲みこむしぐさをした。いよいよ話は核心に触れようとしているらしい。

「小隊長殿は、ガラゴン斬り込み以来、遊泳訓練を指導されましたが、そのかたわら、急に思い立たれたように、火薬の研究をはじめられていたのです。まるでなにかに刺戟されたように、です。もしかしたら、ガラゴン斬り込みのとき、なにか感じられたことでも、あったのではないでしょうか……。

あまり熱心なので、われわれが不審をいたくほどでした。爆雷の製造と信管の研究に没頭していました。隊長の部屋をのぞきますと、火薬、爆雷、信管、導火線がいっぱいなので、ビックリしました。まるで倉庫兼火薬の研究所になっていました。隊長殿は暇を見つけては、米軍艦砲、五十キロ爆弾の不発弾、米軍の敷設した水雷や機雷などをさがし出し、危険きわまりない火薬摘出を、だれの手も借りずに全部じぶん一人でやり、兵隊には、いっさい手を触れさせようとはしませんでした。収集した火薬は、黄色、黒色等に分類し、火薬庫を常備するまでになりました。私が思いますには、小隊長殿は、すでに斬り込みでは戦果をあげられないことを知ったうえで、あとに残された攻撃法といえば、海上遊撃隊として米艦艇を爆沈するよりてだてはないことを悟っていたのだと思います。それと、前回のガラゴン斬り込みのさい、爆薬筒信管の不発を体験して、信管改造の急務と必要性を、痛く感じられたのでしょう」

そこまで林さんが話されたとき、その話に割りこむようにして、半井さんが言葉をさしはさんだ。

「そうです。小隊長殿は、爆薬の研究に一生懸命でした。ご存じのように軍隊というところは、すべて『命令』によって動いています。命令があって動き、命令がなければだれもなにもしません。ところが、小隊長殿がわれわれとちがっていたところは、そこなのです。命令によらず、いったん自分が、これは国のため部下のためになることだと決断すると、他のものがどう思っているかなどということをかえりみることなく、ただちに行動を起こすところがありました。こうした方がよいと決断するとテコでも動かない、強い信念と行動の持ち主でした。私は小隊長殿の人間性というものを、じつに立派だったと思っています。集団の中にいて、自分の信念を貫き通すということは、予想以上にむずかしいのです。

　私は出征前、三井鉱山で爆破の仕事にたずさわっていましたので、隊長殿によく火薬や導火線についてたずねられました。また実際にお手伝いしたこともありましたが、じつに研究熱心でした……」

　では、その小隊長の研究とは、具体的にどんなものであったのか、話はふたたび林さんにもどる――

「とうじ師団から指示された規定の米軍攻撃用爆雷といえば、立方形の木箱に黄色薬を充塡《じゅうてん》し、蠟で密封したものに手榴弾の信管を取りつけた、じつに簡単なものでした。この手製爆雷を小型筏の中央に乗せ、三名からなる一組の隊員のうち、一人が筏の前方を泳ぎながら敵艦に誘動、他の二人は筏の両側を泳ぎ支えるといった隊形で敵艦に近接すると、この爆雷をスクリューに体当たりして叩きつける、というやり方が、攻撃の基本となっていました。これは師団の作戦巧者といわれた多田参謀長の発想であると聞いています。日本人らしい捨身の戦法ですが、とうぜん危険も大きく、尊い人命が犠牲になることを前提としたものでした。

　小隊長殿は、この手製爆雷の導火線を、できるだけ長くするよう発案されました。爆雷をスクリューに結びつけた後、導火線をもって敵艦を一周してまきつけ、それから導火線に火をつけ、延長された発火時間までの間を、できるかぎり敵艦より遠ざかるという方法であり、あくまで生命尊重を前提としたものでした。じっさいに、この考案が効を奏して、何隻かの艦艇を撃沈したことがあるんです。

だが、これで小隊長は満足したわけではありませんでした。こんどはいかにしたら導火線をみじかくできるか、まったく反対の効果を研究しはじめたのです。それはなぜかといいますと、さきほどもお話しましたように、そのころ島における自活の基本となっていた魚を獲る〝魚撈班〟が使用するための小型手投爆弾だったのです。それまでは手榴弾をもちいて魚撈班は魚を獲っていました。しかし、手榴弾は炸裂音が大きく、それが原因で敵艦艇に発見され、戦死者が出たことや、それに肝心の手榴弾は、手持ちわずかになっていました。もともと手榴弾は、敵と戦闘するためにあるものです。小隊長殿にとっては、すべては戦いが目的でしかなかった。今日生きるのは、明日必勝のためだったのです。現実の苦しさに、目的を見失うことはありませんでした。敵前逃亡の汚名を耐え忍び、白眼視や冷酷な命令にも厳然と、あくまで必勝の信念を固守していたのです。

そこで小隊長殿は、〝罐詰爆雷〟というものを発明されたのです。十センチほどの導火線をつけた罐詰爆雷は、火をつけて水面に投擲《とうてき》すると、水面からやや沈んだ瞬間、炸裂するように、投擲する距離、沈む深さを計算してつくり上げたものだ、と小隊長殿は、道すがら話して下さり、『これが完成したばかりの爆雷だ……』と言って、あき罐でつくった爆雷を見せてくれました。

その日の三十六湾は、青く澄んだ海面が、ぶきみなほど静かでした。湾から一キロのところには、米軍の艦艇がウヨウヨと浮かんでいます。私は湾の入江の崖から、海面に突き出るように生えている木によじのぼりました。魚群の近づくのを見すまして、小隊長殿が投擲する爆雷の位置を、知らせるためでした。しばらくすき透った海面を見おろしていますと、三ッ子島方面から魚群が入江にくるのが見えました。そのときの小隊長殿の位置といえば、私の眼下ほんの一、二メートルぐらい前方のところに立っておられました。

『小隊長殿、魚の群れが寄ってきます！　この方向です！』

私の指さすすぐ下で、小隊長殿は〝罐詰爆雷〟に点火しました。まぶしい強い南国の陽光の中に、パッと導火線が火を吹きました。だが、つぎの瞬間、急に導火線の火が消えたのです。〝導火線不良だナ……〟と思いながら私は、魚群の位置をたしかめるために、ふたたび頭をあげました。その目を移す瞬間、私の視野の中に、火の消えた導火線をのぞき込んでいる小隊長殿の姿が見え、私の感覚の中に確かにその姿がうつりました。

『魚群が近づきました、小隊長殿！』

叫びながら顔を、小隊長殿のほうに向けた瞬間、

『グオグォン！』と、すさまじい炸裂音を耳にしたと同時に、私のからだは硝煙につつまれたまま、あっと言うまもなく眼下のリーフに叩きつけられたのです。

硝煙の中で私は、小隊長殿が倒れるのを確かに見ました。しかし、つぎの瞬間には、私の両眼はまったく見えなくなっていました。爆風でやられ、両眼の視力を喪失し、鼓膜を裂かれてしまったのです。

『小隊長殿は？　小隊長殿はぶじか？』

見えぬ眼を見張って、うすれゆく感覚の中で、私は絶叫しました。近よる小隊の兵士たちの乱れた靴音がかすかに聞こえるような気がしていました。が、やがて私のからだが宙に浮き、だれかの背にかつがれたナ――というのが、あのときの最後の記憶です……」

林さんの分厚いレンズが、キラリと灯に反射した。

「硝煙の中に倒れる小隊長殿の姿が、この世における最後の姿だったのです。爆風でやられたまま入院した私が、そのことを知ったのは事件のかなり後でした。小隊長殿はあのまま手に持っていた爆雷によって、爆死されたのです。それにしても、なんという運命のいたずらでしょうか。一度は火をはいた導火線が、不発のような状態を見せたのですが、火は消えていなかったのでしょう。まったく信じられない、また悔やんでも悔やみきれない恨みが残りました。小隊長殿の最後を聞かされた私は、信じたくない気持でいっぱいでしたが、一方、私の網膜には、倒れる小隊長殿の姿が、しっかりと焼きついて離れませんでした。あの高邁《こうまい》な信念、行動のかたが、もうこの世にいられないと思うと、残念でたまらず、あれが運命だったのだといえばすむことなのでしょうが、惜しみてのあまりどうしても納得がゆかないのです。私には小隊長殿ご自身が〝おれの運命は、ここで終わることになっていたのか?〟と不審に思っていられるにちがいない、とさえ思われました。小隊長殿が必勝の大いなる目的のもとに、国のため部下のためと苦心惨憺したあげく、みずからつくりあげた爆雷で、一瞬にして戦死されてしまったことを、単に運命のいたずらの一言で、片づけてほしくありません。なぜなら不変の信念に比して、肉体はもろいからです。小隊長殿の信念は、あのとき、肉体と一緒に吹っ飛んだわけではない。おわかりのように、いまだにわれわれの胸の中に生きておられます。

高垣少尉の墓に詣でたかつての部下。右から半井、著者、父与一、藤川、林の各氏。彼らの胸中を去来したものは何か。

それにしても、小隊長殿の最後の、至近距離における一人の目撃者として残念でならないことは、このような小隊長殿の徹底した愛国の至誠から起こった爆死を、だれがどう曲解してしまったのか、高垣少尉は、魚を獲りに行って、事故を起こして死んだ、というようなおかしな風評を信じ込んでしまったものが多いことでした。ましてや師団の参謀や高級将校連が、風評そのままを型通りに受け取ってしまったことが、腹にすえかねるのです……」

「たしかに高垣少尉殿は、不慮の事故によって、志なかばにして戦死されました。だからこそ私は言いたい。敵前逃亡の件のときもそうだったが、小隊長殿の表面にあらわれたことのみしか知ろうとせず、なぜ内なる少尉殿の忠誠の心を見てくれなかったのか――と。あの勇敢なガラゴン斬り込みの名誉ある武人、りっぱな指揮官を、なぜに戦争の裏面史の中に生きる運命に、置き変えてしまったのでしょうか。いまの世にいう〝死に方〟が〝カッコ悪かった〟からですか。敵の前で死ぬことが、華々しい戦死なのですか。

しかし、小隊長殿がどのような死に方をされようと、私たちは、知っています。あの勇敢、豪快、実直、潔白、日本男児の最たる気性を！」

こう言い終わると林さんは、涙をおさえかねて沈黙した。半井、藤川、井上の三勇士も同じように、目頭に手を当てて泣いていた。私も、そのとき、まぶたの裏につき上げてくる熱いものに万感胸に迫る心境であった。

すでに夜も更けていたことから、遠来の客にはわが家にお泊まりいただいた。その翌朝、かれらは早くから起床して、なにやら話し合っていた。聞いてみると、四人の総意で、この際、高垣小隊長殿の墓参をして帰郷したいという。ついては、そこにいたるまでの道順を教えてほしいという。この申し出に、私はさっそく同意し、四人と同行する旨を伝えた。

そこで私は、家内に告げて、栃木県氏家の高垣家へも、ひそかに電話連絡をとらせた。

五人は、さっそく上野駅に向かい、そこから、ごったがえす東北本線に乗った。氏家の高垣家までは百三十キロの行程である。車中、四人の意見はくいちがっていた。「高垣家にはお寄りせず、墓参だけにすべきだ」と一人がいえば、「いや、お宅にも伺うべきだ」と紛糾した。

やむなく私は、四人に懇願した。その結果、まず高垣家を訪問して少尉のご両親に会い、そのあとで墓参、ということになった。

だが、四人はそれぞれに複雑な表情をして、走りぬけていく窓外の景色に目を向けていた。しかし、かれらの目が、その移りゆく車窓の風景をじつは少しも見ていないことを、私は見ぬいていた。かれらの心は、かつての遠い戦場にとび、いまは亡き戦友たちの顔、顔、顔を思い浮かべていたのであろう。

その日の栃木県地方は、戦傷者であるわれわれのからだには、つらい日であった。那須や日光の連山には、まだ白雪が残っており、それらの頂上から、やたらに吹き下ろしてくる寒風が、われわれの古傷をうずかせていた。九州から出てきていた半井さんは、コートを着用していなかったので、しきりに、「寒い、寒い」を連発し、唇をふるわせていた。

高垣家につくと、母のヨシノさんが戸口に立って迎えて下さった。先日、発熱した旨の電報をもらったばかりであっただけに、彼女の姿を見て、私は内心ほっとしていた。

さっそくヨシノさんによって、われわれ五人は招じ入れられた。四人はかたくなって私の後につづいて昔ふうの広い玄関にはいった。

玄関を上がると、つぎの間に仏壇があった。私はまずなにを置いても、少尉に報告すべく位牌の前にすすみ、瞑目合掌した。その私のうしろには、四人のかつての少尉の部下たちが、呼吸《いき》をころして正座しているのが感じられた。

私は心中で少尉に話しかけていた。まぶたの中に、ガラゴン島の夢の中にあらわれた、あの少尉の姿がほうふつとしていた。少尉はかすかに微笑を浮かべているように感じられる。
すべては終わった、と私はそのとき、心にひらめくものを感じた。事件の真相は、意外な結末に終わった。だが、一人の勇士の勲《いさお》が、ここに記録された。これは偉大なことである……と私は、そのとき、位牌の中の高垣少尉にとも、私のうしろにいる四人にとも、また私自身にともなく、ひとり語りかけていた。

単行本　昭和五十二年六月　原題「玉砕戦の孤島に大義はなかった」光人社刊

NF文庫

秘話パラオ戦記　新装版

二〇一六年七月十五日　印刷
二〇一六年七月二十一日　発行

著　者　舩坂　弘
発行者　高城直一
発行所　株式会社潮書房光人社
〒102-0073　東京都千代田区九段北一-九-十一
振替／〇〇一七〇-六-五四六九三
電話／〇三-三二六五-一八六四(代)
印刷所　慶昌堂印刷株式会社
製本所　東京美術紙工
定価はカバーに表示してあります
乱丁・落丁のものはお取りかえ致します。本文は中性紙を使用

ISBN978-4-7698-2959-1　C0195
http://www.kojinsha.co.jp

NF文庫

刊行のことば

第二次世界大戦の戦火が熄《や》んで五〇年――その間、小社は夥しい数の戦争の記録を渉猟し、発掘し、常に公正なる立場を貫いて書誌とし、大方の絶讃を博して今日に及ぶが、その源は、散華された世代への熱き思い入れであり、同時に、その記録を誌して平和の礎とし、後世に伝えんとするにある。

小社の出版物は、戦記、伝記、文学、エッセイ、写真集、その他、すでに一、〇〇〇点を越え、加えて戦後五〇年になんなんとするを契機として、「光人社NF（ノンフィクション）文庫」を創刊して、読者諸賢の熱烈要望におこたえする次第である。人生のバイブルとして、心弱きときの活性の糧《かて》として、散華の世代からの感動の肉声に、あなたもぜひ、耳を傾けて下さい。